탑 레시피가 보여!

탑 레시피가 보여! 4

레오퍼드 장편소설

초판 1쇄 찍은 날 § 2017년 5월 26일
초판 1쇄 펴낸 날 § 2017년 6월 2일

지은이 § 레오퍼드
펴낸이 § 서경석

편집책임 § 최지원
편집 § 이창진

펴낸곳 § 도서출판 청어람
등록번호 § 제387-1999-000006호
등록일자 § 1999. 5. 31
어람번호 § 제1-2708호

주소 § 경기도 부천시 부일로 483번길 40 서경B/D 3F (우) 14640
전화 § 032-656-4452 팩스 § 032-656-4453
http://www.chungeoram.com
Email § chungeorambook@daum.net

ⓒ 레오퍼드, 2017

ISBN 979-11-04-91352-5 04810
ISBN 979-11-04-91243-6 (세트)

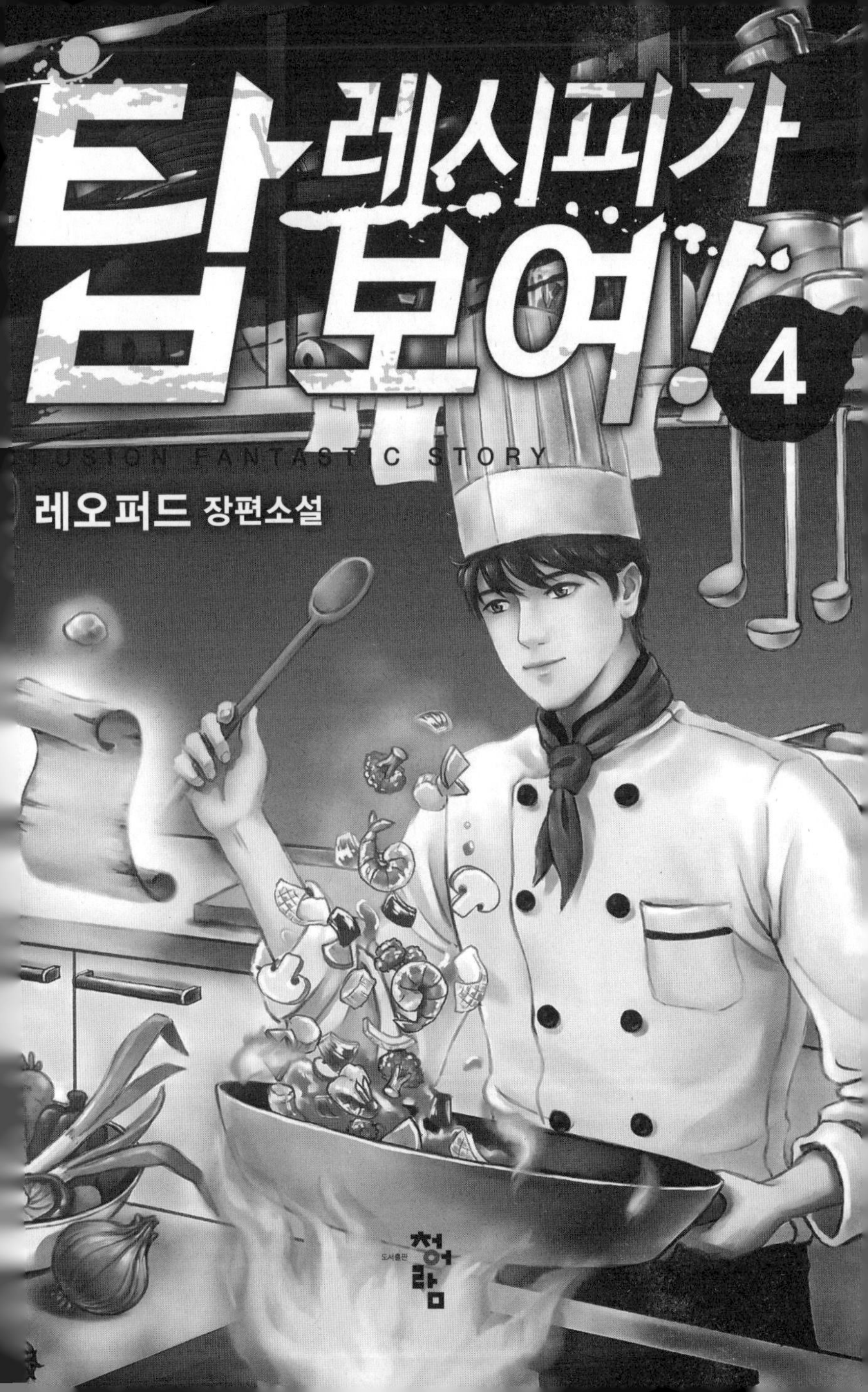

탐
레시피가
보여!
4
FUSION FANTASTIC STORY
레오퍼드 장편소설
도서출판 청어람

Contents

1. 빠르다 빨라

"부주!"

현우가 그 남자를 보고 얼른 인사를 하더니 호검에게도 인사를 하라는 듯 호검을 쿡 찔렀다.

'부주라면? 부주방장?'

호검은 얼른 현우를 따라 꾸벅 인사를 했다.

"오늘 온 신입이야?"

"네! 강호검입니다. 열심히 하겠습니다!"

호검은 자신의 이름을 밝히면서 다시 한번 90도로 인사를 했다. 그런데 부주방장은 뭐가 불만인지 시큰둥한 표정이었다. 그는 호검의 인사를 받는 둥 마는 둥 하고는 바로 해물들 상태를 확인하기 시작했다.

'내가 뭘 잘못했나?'

호검은 의아해하며 부주방장의 눈치를 살폈다. 부주방장은 해물 트럭에서 전복을 이리저리 관찰하더니 장사꾼에게 말했다.

"사장님, 이거 전복이 좀 작은데?"

"아, 이번엔 전복이 작은 거밖에 안 나와. 이것도 〈아린〉에 공급하는 거라고 내가 특별히 개중에서 큰 걸로 고른 거야."

"음, 그럼 몇 마리 더 넣었죠?"

"그럼! 당연하지. 킬로로 계산해서 넘치게 담아줬어."

부주방장은 뭐 그 정도는 이해하겠다는 듯 고개를 살짝 끄덕이더니 오징어나 새우 등을 하나씩 확인한 후 현우와 호검을 힐끗 쳐다보며 말했다.

"다 옮겨. 사장님, 수고하셨어요."

부주방장은 뒷짐을 지고 다시 주방으로 들어갔고, 호검과 현우는 얼른 해산물들을 주방으로 옮기기 시작했다. 그리고 그때, 문재석이 나타나 해산물 옮기는 것을 도와주었다.

"형!"

"호검아, 일찍 왔네! 잘했어. 첫날은 일찍 오는 게 낫지."

"네, 근데……."

호검은 얼음과 새우가 거의 1 대 1로 들어차 있는 스티로폼 박스를 몇 박스 쌓아서 들고 주방으로 들어가면서 재석에게 슬쩍 물었다.

"제가 뭘 잘못했는지 부주방장님이 절 안 좋아하시는 것 같아요. 그냥 인사만 드렸는데……."

"아, 그게……."

재석은 호검에게 가까이 다가와 들릴 듯 말 듯한 목소리로 귓속말을 했다.

"부주방장님이 바로 천 셰프님 수제자야. 그래서 이번에 뽑힌 사람들을 경계하는 거고."

"현우 형한테는 안 그러던데요?"

"현우한테도 처음 며칠은 그랬어."

"근데요? 언제부터 안 그러셨어요?"

"몰라. 정확히 언제부턴진 모르겠는데, 좀 지나니까 안 그러시더라고. 너도 그렇지 않을까?"

"그럼 다행인데……."

호검은 새우 박스를 든 채로 재석과 귓속말을 주고받았다. 그런데 그 모습을 부주방장이 딱 보고 말았다. 부주방장은 소리를 고래고래 질렀다.

"야! 어디서 수다나 떨고 있어? 빨리빨리 안 움직여? 하루 종일 해산물만 옮길 거야?"

"죄송합니다!"

호검과 재석은 부리나케 해산물을 다시 옮기기 시작했다.

'아, 더 찍혔네. 어쩌지……. 당분간 아주 힘든 생활이 되겠어…….'

주방으로 해산물을 다 옮기고 나자, 9시가 거의 다 되었고, 주방 식구들이 모두 출근을 했다. 주방 식구들은 호검을 포함해서 모두 9명이었다. 다들 호검을 처음 보니 재석이 나서서 간단히 선배들을 소개했다.

"이쪽이 김형일 부주방장님. 그리고 여기는 정은구 식사장님, 이쪽은……."

호검은 한 번에 이름과 역할을 기억하려고 집중해서 재석의 말을 들었다. 사실 현우도 아직 이름을 잘 못 외웠기에 호검의 옆에서 귀를 쫑긋하고 경청하고 있었다.

재석이 소개한 주방 직원들의 구성은 이랬다.

부주방장 35세 김형일,

식사장 37세 정은구,

칼판장 33세 양주성,

튀김장 34세 박승준,

면장 31세 이한민,

칼판 보조 29세 문재석,

면판 보조 31세 서용식.

그리고 28세 현우와 26세 호검은 설거지와 재료 손질 등 잡일을 한다.

부주방장은 요리류를 담당하고, 식사장은 식사류를 담당했다. 칼판장은 각종 칼질을 담당했고, 튀김장은 튀김을, 면장은 면반죽과 딤섬을 담당했다.

재석이 칼판 보조라고는 하지만 그건 밑에 새로 현우와 호검이 들어와서 그렇게 된 것이고 사실 칼판 보조 재석과 면판 보조 용식은 지금껏 이것저것 막내들이 할 일들을 했고, 다른 장들이 일손이 부족할 때 조금씩 거들기도 해왔다.

재석의 소개가 끝나고 다른 주방 직원들이 각자의 일을 하기 위해 흩어졌다.

중식당 〈아린〉의 오픈 시간은 11시 반이었다. 그 전에 주방에서는 그날 사용할 식재료들을 미리 손질해 둔다. 중국 요리는 재료만 준비해 뒀다가 주문이 들어오면 바로 만들어 나가는 것이 더 많았지만, 자장 소스와 면, 딤섬 등은 미리 만들어 놓아야 했다.

호검이 현우와 재료 손질을 시작했다. 이들이 하는 재료 손질이란 각종 채소들을 씻어 준비하고 새우의 껍질을 까거나 하는 것들이었다.

"천 셰프님이 직접 주방에서 요리하시는 건 아니에요?"

호검이 채소를 씻으며 옆에 있는 현우에게 슬쩍 물었다.

"천 셰프님은 주방장인 동시에 사장님이시기도 하니 바쁜 일이 많아. 그래도 천 사장님은 시간 있으실 땐 직접 하셔. 근데 하다가 중간에 또 바쁜 일 있으시면 가시기도 하고 그래. 그래서 부주가 거의 주방장 역할을 한다고 볼 수 있지. 요즘은 천 사장님이 거의 오셔서 요리류 다 맡으셨었는데, 오늘은 일이 있으신가 보네."

현우는 천학수를 천 셰프님이라고 불렀다가 주방장님이라고 불렀다가 사장님이라고도 불렀다. 대외적으로는 천 셰프, 주방에서는 주방장, 중식당 〈아린〉 전체로 보면 사장님이니까 틀린 말은 아니었다.

"아하. 그렇구나."

호검은 채소들을 씻으면서 다른 주방 식구들이 무엇을 하는지 엿보았다.

부주방장과 식사장은 필요한 재료들을 냉장고에서 꺼내 확인하고 있었고, 튀김장은 튀김용 닭고기나 돼지고기를 자르고 있었다.

면장은 무언가를 혼자 반죽하는 중이었고, 면판 보조인 용식은 반죽기에 밀가루와 물 등을 넣고 작동을 눌렀다. 그 모습을 본 호검은 궁금한 듯 현우에게 물었다.

"여긴 수타면 아니에요?"

그러자 현우는 빙긋 웃으며 답했다.

"그냥 반죽기로 반죽하고 제면기로 면 뽑아. 우린 자장면보다 요리로 승부 보는 데니까. 수타 하면 시간 오래 걸려서 다른 걸 못 해."

호검은 수타면도 배우고 싶었는데, 수타면은 하지 않는다니 조금 실망했다.

"아, 그래요……."

"근데, 장수면이나 도삭면은 예약하면 만들어주기도 해."

"다행이네요. 근데 그럼 지금 면장님은 뭐 하시는 거예요?"

"딤섬 피 만드시는 거야. 딤섬 피는 저 면 반죽이랑은 다르게 찹쌀가루 반죽도 있고, 등면분으로 만드는 반죽도 있거든."

"등면분이 뭐예요?"

"아, 밀전분이라고 딤섬 보면 피가 투명해서 안이 다 보이는 그런 것들 있잖아? 그런 게 이 밀전분 피로 만든 거야. 단백질 성분이 빠져서 그렇게 투명해 보이는 거지."

현우는 여기 오기 전에 다른 중국음식점에서 일한 경력이 있어서 그런지 아는 것이 많았다. 호검이 고개를 끄덕이는데, 이번엔 현우가 호검에게 질문했다.

"근데, 넌 다른 중국음식점에서 일해본 경력 없어? 왜 이런 걸 몰라?"

"아, 전 중국음식점에서 일해본 적은 없어요."

"아니, 그럼 너 어떻게 뽑혔어? 테스트가 경력자가 아니면 통과 못 하게 아주 골 때리잖아?"

현우가 놀란 듯 눈을 동그랗게 뜨고 호검을 쳐다보았다.

"아, 제가 운이 좋았나 봐요. 전 그전에 이태리 요리 배웠어요."

"오, 이태리 요리!"

현우가 호검의 과거 경력이 신기한 듯 말했다. 그때, 갑자기 부주방장이 불쑥 나타나더니 호검에게 손가락질을 하며 물었다.

"이태리 요리? 누가? 오늘 온 신입 너?"

호검과 현우는 갑작스러운 부주방장의 등장에 깜짝 놀라 잠시 말문이 막혔다.

"너 이태리 요리 배웠냐고?"

"아, 네."

호검이 침을 꼴깍 삼키고는 얼른 대답했다. 부주방장이 뭔가 믿지 못하겠다는 표정으로 호검에게 물었다.

"그래? 근데 왜 중식당에 취직했지?"

"중식을 배워보고 싶어서요. 중국 요리에 대해선 잘 모르거든요."

"음, 신기한 일이네. 아무것도 모르는 애를 뽑으셨다니……."

부주방장은 고개를 갸웃거리며 다시 자기 할 일을 하러 가버렸다. 현우는 부주방장이 가고 나자 심호흡을 크게 한번 하더니 호검에게 소근거렸다.

"부주방장님 완전 까칠하셔. 천 사장님은 그냥 말수가 적으신 편인데, 부주는 말은 많이 하는데 그 입에서 나오는 말이 완전 까칠이라니까!"

"아……"

호검과 현우는 곧 양파, 파, 당근, 양배추, 피망 등에서 껍질이 있는 건 껍질을 벗기고, 모두 깨끗이 씻었다. 그리고 칼판 보조인 재석에게 가져다주었다.

이제 현우는 양파 한 대야를 깍둑썰기하기 시작했고, 호검은 현우가 시키는 대로 쪼그려 앉아 새우 껍질을 깠다. 현우는 양파를 썰면서 호검에게 다음 할 일을 알려주었다.

"새우 다 까면, 이 홍합 손질해야 해. 알겠지? 난 이거 썰고 소스랑 양념 통 채워놔야 하거든."

재석은 당근이나 양배추, 피망 등 깍둑썰기가 아니라 채 썰어 들어가거나 모양을 다르게 잘라야 하는 채소들을 썰었다.

재석은 채소들을 다 썰면 가운데 조리대 위에 놓인 네모난 재료 통에 모두 따로 담아 요리할 때 바로바로 가져다 쓰기 편하도록 정리했다.

주방 식구들은 각자 자기가 할 일들을 맡아서 열심히 했고, 드디어 오픈 시간인 11시 30분이 되었다. 그리고 주방은 본격적으로 정신없이 돌아가기 시작했다.

부주방장과 식사장 튀김장이 불 앞에 자리를 잡았고, 첫 주문이 들어왔다.

"4번 테이블, 아린 코스 셋이요!"

부주방장이 아린 코스의 첫 요리로 나갈 양장피를 만들기 시작했다. 그는 재료 통에 담겨 있는 재료들 중에서 양파와 돼지고기, 애호박, 당근, 청피망, 목이버섯 등을 작은 소쿠리에 한꺼번에 슥슥 담더니, 웍에 국자로 기름을 둘렀다. 그리고 소쿠리에 담은 재료들을 한 번에 웍에 넣고 국자를 재빨리 움직이며 볶기 시작했다.

그사이 칼판장은 양장피 잡채 주변에 두를 야채들과 새우, 해삼 등을 썰어 접시에 세팅을 했다.

호검은 이게 마침 첫 주문이라 아직 설거지거리가 없어서 부주방장이 요리하는 모습을 조금 구경할 수 있었다.

부주방장의 왼손은 매우 빨리 웍을 흔들어댔고, 오른손도 국자를 이리저리 재빨리 움직이고 있었다. 웍을 흔들어대니 안의 재료들이 튀어 오르며 춤을 췄고, 그에 따라 불길도 솟아올라 와 재료들에 불맛을 입혀주고 있었다. 부주방장은 중간중간 간을 맞출 양념들을 바로 옆 조리대에 있는 양념 통들에서 국자로 적당량을 넣어주면서 계속 웍을 흔들었다.

'와, 엄청 빠르다.'

사실 이태리 요리는 불질을 아주 빨리 할 필요는 없었다.

실제 레스토랑에서는 주문이 많으니까 빨리빨리 하는 것이지, 조금 천천히 한다고 문제가 될 건 별로 없었다. 하지만 중국 요리는 워낙 사용하는 불이 세기도 하고, 중국 요리 자체가 빠른 조리로 불맛을 내는 볶음 요리들이 많았기 때문에 주문이 많거나 적거나 무조건 빨리 조리해야 했다.

1~2분 만에 부주방장의 양장피는 완성되었고, 곧바로 서빙되었다. 그사이 튀김장은 아린 코스에서 두 번째로 나가는 요리인 찹쌀탕수육을 준비하더니 양장피가 나가자, 곧 탕수육을 튀기기 시작했다.

호검이 눈을 이리저리 굴리며 구경을 하다 보니, 화구 옆에 수도꼭지가 달려 있는 것이 눈에 띄었다.

'아니, 왜 불 쓰는 데 바로 옆에 수도꼭지가 있지?'

수도에서는 물이 계속 나와 흐르고 있었고, 그 밑에 스테인리스로 된 물받이 통이 놓여 있었다. 호검은 얼마 전에 테스트를 보러 이곳을 와본 적이 있었지만 그때는 정신이 없어서 수도꼭지를 보지 못했던 것이다.

호검이 의아하게 생각하고 있는데, 부주방장이 갑자기 호검을 휙 돌아보더니 물받이 통을 집어 들었다.

부주방장의 표정은 뭔가 호검을 비웃는 것 같기도 하고, 못마땅해하는 것 같기도 했다.

호검은 부주방장이 자신과 눈을 마주친 후 물받이 통을 집어 들자 괜히 움찔했다.

'설마, 내가 뭘 잘못했나……?'

하지만 부주방장은 물받이 통의 물을 방금 양장피를 볶았던 웍에 주욱 붓더니 가래떡 굵기만 한 나무봉을 꺼냈다. 나무봉의 아랫부분에는 수세미가 달려 있었고, 부주방장은 물이 담긴 웍을 이 수세미로 재빨리 문질렀다. 물이 담긴 웍은 여전히 뜨겁게 타오르고 있는 불 위에 올려져 있어서 금세 세척이 되었고, 부주방장은 웍을 씻은 물을 그대로 화구 옆쪽으로 부었다.

중국 요리에 사용하는 화구는 불이 워낙 세기 때문에 불을 막아주는 가림막 같은 것이 높게 불을 가리고 있어서 물이 화구로 들어가지 않았다. 그리고 화구 근처에 물이 빠지는 구멍이 있어서 물이 흘러나가고 있었다.

'와, 중국식 화구는 저렇게 되어 있으니까 물이 안 들어가겠구나. 수도꼭지도 달려 있고, 물 빠지는 곳도 바로 있고. 편리하네.'

기름기 많은 요리를 많이 하기 때문에 불에 웍을 올린 채물을 부어 뜨거운 상태에서 씻어야 웍이 잘 씻기니 그렇게 만든 것 같았다. 호검은 진짜 중국에서도 저렇게 되어 있을까순간 궁금해졌다. 그리고 그런 것이 아니라면 우리나라 사람들이 참 머리가 좋다는 생각이 들었다. 이렇게 씻으니까 설거지가 10초도 안 걸리는 듯했다.

부주방장은 물을 버린 후 행주 같은 걸로 웍을 슥슥 닦아 다음 요리를 할 준비를 했다.

주방에는 화구가 여러 개 있었는데, 부주방장이 쓰는 화구는 2구짜리였다. 그곳은 주로 볶음 요리를 할 때 사용하는 곳이었고, 그 양쪽으로 따로 또 화구가 있었다. 그중 오른쪽의 화구에는 물이 끓고 있는 솥이 있었다. 이 물은 면 요리를 할 때 면 삶는 물을 계속 끓이고 있는 것이었다. 이 화구와 조금 떨어진 곳의 1구짜리 화구에서는 미리 만들어둔 자장면 소스가 올려져 있었다.

그리고 왼쪽으로는 튀김 요리를 할 때 사용하는 기름이 끓고 있었는데, 지금 튀김장은 이 기름에 찹쌀탕수육을 튀기는 중이었다. 아까 양장피를 볶을 때보다 더 고소한 냄새가 주방에 진동했다.

'으아, 맛있겠다!'

호검은 구경하면서 입맛을 다셨다.

튀김 기름이 얹어진 화구는 3구짜리였는데, 기름솥 옆 화구에서는 주로 튀김 요리와 함께 나갈 소스를 만들었다.

잠시 후, 튀김장은 탕수육을 다 튀기고 나자 소스를 만들기 시작했다. 튀김의 고소한 냄새에 새콤달콤한 소스의 향까지 곁들여지자 더 맛있는 냄새가 주방에 진동했다.

호검의 옆에서 함께 구경을 하던 현우가 호검에게 속삭였다.

"맛있겠지? 튀김장님은 사람이 되게 좋으셔. 나 첫 출근 기념으로 저 탕수육 만들어 주셨었는데, 너도 오늘 먹어볼 수 있을지도 몰라."

"정말요? 우와, 기대되네요."

호검은 찹쌀탕수육을 먹을 생각에 벌써부터 군침이 돌았다.

이어서 주문은 계속 들어왔고, 요리를 맡은 부주방장부터 바빠지더니 다음은 튀김장, 다음은 면장과 식사장의 움직임이 빨라졌다. 그리고 드디어 호검과 현우도 바빠지기 시작했다.

막내인 호검은 이제 설거지를 할 타임이었다. 아마도 오늘은 하루 종일 설거지만 하게 될 듯했다. 반면 현우는 이제 호검이 들어와서 자신이 맡았던 설거지를 맡아주니 다른 선배들이 뭘 가져오라 하는 등의 잡무만 처리하면 되었기 때문에 한결 수월했다.

중식당의 주방은 정말 쉴 새 없이 돌아갔다. 각 파트장들의 손놀림도 무척 빨랐고, 주문도 매우 빨리 들어왔다.

다행히 호검은 이렇게 많은 그릇들을 씻어보는 게 처음은 아니었다. 보쌈집 경력 몇 년인데 이런 설거지를 못 하겠는가. 그가 어릴 적 처음 보쌈집에 들어갔을 때 설거지부터 시작했었다. 성인이 된 후로는 설거지를 하지 않았지만 어릴 적에 그는 나름 설거지를 빨리 하려고 연구도 했었다. 호검은 그때의 감각을 되살려 설거지를 시작했다.

그런데 그는 많은 양의 그릇을 씻어본 것이 하도 오래전 일이라 처음엔 살짝 자세가 잡히지 않았다. 약간의 적응 시간이 필요했는데, 그릇들은 그런 호검을 봐주지 않고 인정사정없이 설거지통으로 쏟아져 들어왔다.

'으, 쌓여간다……. 안 되겠어! 여기선 스피드가 생명이야!'

그리고 설거지를 빨리 마쳐야 다른 파트장들의 요리를 구경할 시간이 조금이라도 날 것이다.

'그때 어떻게 했었더라?'

호검은 잠시 어릴 적 설거지하던 기억을 떠올리더니 다시 집중해서 손을 움직였다. 그는 왼손으로 그릇을 살짝 잡는 것과 동시에 오른손에 들린 세제 묻은 수세미를 시계 방향으로 재빨리 쓰윽 돌리면서 곧바로 오른쪽 설거지통의 헹구는 물에 그릇을 던져 넣었다.

호검은 오른쪽의 헹구는 설거지통이 그릇으로 가득 찰 때까지 이 동작을 계속 반복한 다음, 그릇들이 헹굼 통이 가득 차자 깨끗한 새 수세미를 하나 더 꺼냈다. 그는 물속에 그릇들을 담근 채로 세제가 묻지 않은 깨끗한 수세미로 접시를 비벼 그릇들을 헹궜다. 그리고 마지막으로 흐르는 물에 헹궈 건

조대에 얹어놓았다.

호검이 엄청난 속도로 설거지를 해나가는 것을 현우가 지나가다 보고는 깜짝 놀라 물었다.

"와아. 너, 이태리 레스토랑에서 설거지만 했어? 설거지 내공이 장난 아닌데?"

"아, 그게 아니라, 제가 어릴 때 식당에서 일을 좀 했었거든요. 그래도 오랜만에 하니까 그때 정도 속도는 안 나네요, 아직."

"어릴 때 이거보다 더 빨랐다고?"

"조금 더 빨랐어요."

호검은 현우와 말을 하면서도 손은 쉬지 않고 움직였다. 그 사이 잠시 틈이 났는지, 부주방장이 호검에게로 다가왔다.

"빨리 한다고 다 좋은 게 아니야. 빨리만 하는 애들이 닦아놓은 그릇 보면 제대로 안 닦여 있더라."

부주방장은 이렇게 말하면서 곧바로 호검이 씻어서 건져놓은 그릇 하나를 집어 들었다. 그리고 매의 눈으로 관찰하고 손으로 문질러도 보았다. 그는 뭔가 이물질이 남아 있는지 확인하려는 것이었다. 하지만 그릇은 이물질도, 기름기도 없이 매우 깨끗했다. 손으로 문지르면 뽀드득 소리가 날 정도였다.

"음, 뭐. 지금까지는 괜찮지만, 그래도 주의해."

"네, 부주."

부주방장은 뭔가 꼬투리를 잡을까 하고 왔다가 허탕을 치고 다시 자기 자리로 돌아갔다. 호검은 부주방장에게 꼬투리를 안 잡히려면 엄청 긴장하고 일해야 하겠다고 생각했다.

호검은 엄청난 스피드로 설거지를 해대다 보니 중간중간 작은 짬이 나기도 했다. 그는 그럴 때마다 파트장들이 요리를 만드는 모습을 유심히 지켜보았다. 하지만 설거지하는 자리에서는 안 보이는 부분이 많아서 제대로 요리하는 모습을 볼 수는 없었다.

호검은 요리하는 걸 옆에서 잘 지켜보기만 하면 무슨 요리든 한 번 보고도 따라 할 수 있었지만 멀리서 다른 일을 하면서 보려니 한 번만 보고 다 알 수는 없을 것 같았다.

'아, 이거 여러 번 봐서 짜깁기해야겠네…… . 아, 천 셰프님한테 직접 배우면 좋겠는데.'

현실적으로 봤을 때 막내로 들어왔는데 천 셰프에게 곧바로 요리를 배운다는 건 꿈도 못 꿀 일이었다.

그래서 호검은 일단 파트장들의 요리하는 모습을 어깨너머로라도 최대한 잘 봐두려고 노력했다. 서당 개 삼 년이면 풍월을 읊는다는 말도 있으니까.

11시 반부터 시작된 점심 타임은 3시까지 이어졌고, 3시부터 5시까지는 브레이크 타임이었다. 브레이크 타임이 되어서야 주방 식구들은 늦은 점심을 먹을 수 있었다.

"점심 뭐 해 먹을까?"

"밑반찬 남은 거 뭐 있지? 현우야, 냉장고에 뭐 있나 좀 봐라."

현우는 튀김장의 말에 후다닥 냉장고로 가서 밑반찬들을 확인했다.

"김치랑 고추장아찌랑 오징어채, 연근조림 있어요. 아, 동치미도 있어요."

"제육볶음 해 먹을까?"

식사장이 튀김장에게 의견을 냈다. 그러자, 현우와 재석이 불쑥 끼어들어 좋다고 찬성표를 던졌다.

"좋아요!"

"녀석들, 고기라면 그저 좋아서."

칼판장이 피식 웃으며 말했다. 사실 제육볶음은 웬만한 남자들은 모두 다 좋아하는 음식이었다. 그래서 다른 주방 식구들도 반대하는 사람은 없었다.

하지만 호검은 첫날 점심으로 〈아린〉의 자장면을 먹어보고 싶었다. 물론 매일 중국 요리와 씨름하고 중국 요리 냄새를 맡는 주방 식구들은 당연히 중국음식을 끼니로 먹고 싶어 하지 않았다. 마치 민석이 이태리 요리에 질려서 끼니로 이태리 요리를 먹지 않는 것처럼 말이다. 그래서 그들은 보통 한식을 주로 먹었고, 가끔 술안주로나 중국 요리를 해 먹었다.

"오늘 처음 온 막내는? 너도 제육 괜찮아?"

"아, 사실 저는, 여기 자장면 한 그릇 먹어보고 싶은데요."

"아하하하. 역시 첫날이라 이게 먹고 싶은 게로군. 어이, 한민아! 얘 면 좀 해 줘."

식사장이 면장에게 말하자, 면장이 웃으며 대답했다.

"네. 이건 내가 30초 만에 해줄 테니까 형님은 제육볶음이나 해주세요, 그럼!"

"오케이."

호검은 현우가 주방 한쪽 조리대 겸 테이블 위에 점심을 먹기 위한 세팅을 도왔다.

그사이, 면장이 비록 30초는 지났지만, 꽤 빨리 호검에게 자장면 한 그릇을 뚝딱 만들어다 주었다.

"감사합니다! 잘 먹겠습니다!"

호검이 인사를 하고 젓가락으로 면을 슥슥 비비기 시작했다.

"면장님, 수타면 만들 줄 아시죠?"

"수타면? 만들 줄은 아는데, 그거 팔 아파. 나이 들면 못 해, 힘들어서. 물론 수타면이 더 맛있긴 한데, 일반인들은 별 차이를 못 느끼는 사람들이 더 많을걸. 너도 나중에 중국집 할 때 수타 자장면집은 하지 마. 힘들어. 아, 물론 여기 같은 중식당 일이 덜 힘들다는 건 아니고."

면장은 호검에게 수다스럽게 말을 하며 그의 옆에 앉았다. 그가 무슨 말을 더 하려는 순간, 식사장이 제육볶음을 완성해서 테이블이 탁 놓으며 말했다.

"자, 제육볶음 대령이요!"

"재석아, 얼른 먹자. 빨리 와."

칼판장이 채소 통에 얼마 남지 않은 채소들을 체크하던 재석을 불렀다.

"네! 갑니다!"

다들 와서 테이블에 둘러앉았는데, 밥이 하나가 남았다.

"어? 부주방장님 어디 가셨지?"

재석이 부주방장을 찾아 두리번거리는데, 불쑥 부주방장이 나타나 호검에게 대뜸 말했다.

"어이, 막내! 자장면 천천히 무슨 맛인지 잘 음미하면서 먹는 게 좋을 거야."

"네?"

호검은 안 그래도 자장면 냄새를 맡고 뭐가 들어갔는지 추측하면서 자장면을 관찰 중이었는데, 그 모습을 보고 하는 소리인지, 아님 무슨 말인지 의아했다.

"우리 〈아린〉에서는 처음 들어온 막내 신고식으로 자장면 따라 만들기를 하거든. 먹어보고 그대로 자장 소스를 만들어 내야 하지."

"네? 정말요……? 언제요?"

호검은 그런 게 있을 거라곤 생각지도 못했다. 호검이 이태리 요리야 잘하지만 중국 요리는 해본 적이 없어서 이걸 먹어 보고 그대로 만들어낼 자신은 없었다. 바로 이틀 전에 열린 이태리 요리 대회를 준비하느라 중국 요리는 아직 연습해 보지도 못했던 것이다.

"지금 먹고 바로. 얼마나 중국 요리에 재능이 있나 보는 거랄까? 하하."

부주방장은 이렇게 말하고 바로 자기 밥그릇을 찾아 밥을 먹기 시작했다.

호검이 난감해하며 다른 파트장들의 눈치를 살폈다. 그런데 다른 파트장들은 처음 듣는 소리인 듯 의아한 표정으로 부주방장을 쳐다보고 있었다. 현우와 재석도 마찬가지로 눈이 동그래져 있었다.

'뭐야, 지금 만들어낸 신고식이야? 왜?'

다른 주방 식구들은 부주방장이 그렇다니 조용히 부주방장을 따라 밥을 먹고 있었다. 그들은 그냥 부주방장이 심심해서 막내에게 장난치는 것이라 생각하고 있는 것 같았다.

하지만 호검이 보기엔 아니었다. 호검은 부주방장의 속셈이 무엇인지 잠시 머리를 굴려보았다. 부주방장은 호검의 솜씨가 궁금했던 모양이었다. 만약 호검이 잘 못 만든다면 안심하며 그를 무시할 것이고, 호검이 잘 만들어낸다면 경계를 하고 요리를 잘 안 보여주려고 할지도 몰랐다.

호검은 어떻게 해야 할지 머릿속이 복잡해져 왔다.

'아, 일단, 어떤 맛인지는 좀 알아두고 최선을 다할지, 일부러 좀 맛없게 만들지는 이따 결정하자.'

호검은 자장면의 관찰을 마치고, 드디어 자장면 한 젓가락을 입에 넣었다.

후루룩, 후루룩.

자장면은 순식간에 호검의 입으로 빨려 들어갔다.

"와. 이거 맛있네요! 담백하고요."

느끼한 맛은 적고, 고소한 맛은 살린, 담백하면서도 입에 착 감기는 맛이었다. 호검이 감탄하며 바로 옆에 앉은 현우를 쳐다보았다. 하지만 현우는 얼굴에 걱정이 가득했다. 그리고 호검의 귓가에 속삭였다.

"야, 맛있는 게 중요한 게 아니고, 너 이거 맛만 보고 만들 수 있겠어?"

현우는 해맑은 호검이 엄청 걱정이 되는 모양이었다. 현우의 생각에 부주방장은 일부러 호검을 괴롭히려고 자장을 만들어보라는 것 같았기 때문에, 호검이 잘 못 만든다면 앞으로 구박을 할 것이라고 생각했다.

"일단 맛있는 건 먹고 생각해 봐야죠. 흐흐."

호검은 현우를 향해 바보같이 웃어 보였다. 호검은 이어 얼른 숟가락으로 자장 소스만 다시 퍼 먹어보았다. 자장 소스의 재료를 정확히 알기 위해서였다.

'돼지고기⋯ 잡내가 안 나고, 달큰한 양파와 양배추⋯ 오, 이건 감자고. 살짝 단맛이 나는 걸 보니 설탕을 넣은 것 같고, 음⋯⋯.'

호검은 예민한 미각으로 맛을 알아내 갔다.

맛을 보기 전에 눈으로만 보았을 때 알아낸 재료는 양파, 돼지고기, 애호박, 양배추, 그리고 자장이었다.

또한 향으로 알아낸 것은 대파. 자장 소스에 대파의 향이 배어 있는 것으로 보아 파기름에 볶은 것 같았다.

그리고 먹어보고 더 알아낸 것은 단맛을 내는 설탕과 간을 맞춘 간장, 그리고 청주. 청주는 돼지고기에 잡내가 없는 것을 느끼고는 넣었으리라 짐작해 냈다.

'그리고⋯ 이거 생강이 들어간 것 같은데⋯⋯? 마늘도 들어 갔으려나?'

사실 호검은 한식에 대한 기본 지식이 있어 돼지고기의 잡내를 없애려면 마늘이나 생강, 또는 청주 등을 사용해야 한다는 걸 알고 있었다. 그러니 그중에 무얼 넣었는지 맛을 보고 가늠해 보면 어느 정도 추측이 가능했다.

호검은 자장 소스를 한 번 더 떠서 입에 넣었다.

'음, 마늘은 안 들어갔어. 그런데 뭔가 고소한 맛이 나는데 이게 뭘까……?'

호검이 먹어보기에는 마늘은 넣지 않은 것 같았다. 그런데 뭔가 정체를 알 수 없는 고소한 맛이 났다. 이건 돼지고기의 고소한 고기 맛은 아니었고, 약간 땅콩 맛에 기까웠다.

호검이 고개를 갸웃거리며 자꾸 자장 소스를 퍼 먹고 있자, 부주방장이 그를 비웃듯이 말했다.

"왜, 아무리 먹어봐도 모르겠어?"

"일단 재료는 거의 다 알겠는데요… 한 가지를 잘 모르겠네요."

호검은 얼떨결에 솔직하게 대답했다.

부주방장은 호검이 잘 모르겠다고, 못 만들겠다며 숙이고 들어올 줄 알았는데, 단 한 가지만 모르겠다니 눈이 휘둥그레졌다. 다른 주방 식구들도 놀라워했고, 현우는 특히 더 놀라서 호검을 툭 치며 물었다.

"재료를 먹어보고 다 알았다고?"

그러자, 호검 대신 부주방장이 애써 태연한 척하며 말했다.

"아, 빤히 눈으로 다 보이는 재료는 당연히 다 알겠지. 고명으로 올려진 것도 오이, 완두콩. 뭐 눈에 다 보이는데 모르면 바보인 거지. 그리고 만드는 방법이 더 중요한 거고."

"네, 부주방장님 말씀이 맞습니다. 만드는 법이……. 후우."

호검은 너무 솔직하게 한 가지만 모르겠다고 답했던 것을 후회하고, 지금이라도 부주방장의 말에 동의했다. 그는 사실 아직 자장에 들어간 재료 한 가지를 잘 모르겠을뿐더러, 이 자장의 맛을 그대로 재현해야 할지, 아니면 해내지 못해야 할지조차 정하지 못했다. 그러니 우선은 어떻게 될지 모르니 애매한 태도를 유지하는 것이 낫다고 판단한 것이다.

부주방장은 원래 먹는 속도가 빠른지 벌써 밥을 다 먹고 자리에서 일어났다.

"잘 연구해 봐. 더 먹어봐야겠으면 한 그릇 더 달라고 하든지."

"음, 그럼, 자장만 조금 더……."

"현우야, 호검이 자장 좀 더 갖다 줘라."

부주방장은 큰 선심 쓰듯 말하고는 화구 쪽으로 가서 무언가를 하기 시작했다. 현우는 호검에게 자장 소스를 더 가져다주었고, 다른 주방 식구들은 하나둘씩 밥을 다 먹고 잠시 쉬러 바깥으로 나갔다. 그들은 부주방장이 주방을 떡하니 지키고 있으니 뭔가 불편했던 모양이었다.

현우와 재석은 호검의 옆에 그냥 아무 말 없이 앉아 있었다. 그들은 호검에게 뭔가를 알려주고 싶었으나, 부주방장의 눈치도 보이고, 또 호검이 어떤 재료를 모르는지 알 수 없어 난감했다. 그러다 재석이 갑자기 입을 열었다.

"호검아, 내가 아재개그 하나 해줄까? 너 최불암 아저씨 알아?"

"아, 네. 알아요. 최불암 아저씨 왜요?"

"그럼 최불암 아저씨가 제일 좋아하는 피아노 계이름이 뭐게?"

"음……. 뭔데요?"

"파!"

재석이 호검에게 답을 알려주며 눈을 찡긋했다.

"아하. 그러네요. 하하하."

"으흠. 이거에 웃는 걸 보니 너도 벌써 아재인가 보다. 하하하. 어? 현우도 웃네? 너도 아재지?"

옆에 있던 현우는 최불암 이야기 때문이 아니라 재석이 이 이야기를 왜 하는지 눈치채고 웃음이 터졌다. 재석은 호검에게 파가 들어간다는 걸 알려주고 싶었던 것이다. 호검도 그 사실을 눈치채고는 웃음을 터뜨린 것이었다. 호검은 이미 파가 들어간다는 사실은 알고 있었지만, 뭔가 도움을 주려는 재석이 고마웠다.

그런데 그때, 부주방장이 그들을 휙 돌아보며 말했다.

"막내! 아직 다 안 먹었어?"

"아, 네. 거의 다 먹었습니다!"

부주방장도 눈치가 빨라서 재석이 왜 그 이야기를 했는지 알아챈 것 같았다. 재석과 현우는 얼른 점심을 먹은 테이블을 치우고, 주방 식구들이 먹고 난 그릇들을 설거지하기 시작했다.

호검도 마지막 남은 자장면 한 젓가락을 얼른 입에 호로록 흡입한 후, 재석과 현우를 도와 뒷정리를 했다. 셋이 한 10분 만에 정리를 끝마치자, 부주방장은 곧바로 호검을 불렀다.

"막내! 신고식 해야지. 이리 와. 내가 특별히 세팅해 놨어."

"네!"

호검이 부주방장이 부르는 화구 앞으로 다가갔다. 현우와 재석도 구경을 하려고 호검을 따라 부주방장이 있는 곳으로 갔고, 이어 밖으로 휴식을 취하러 나갔던 다른 주방 식구들도 주방으로 들어왔다.

"자, 웍은 여기 있고, 기본 재료는 저쪽에서 골라 쓰고, 양념 재료는 이쪽에서 골라서 쓰면 돼."

부주방장은 조리대에 가지런히 정렬되어 있는 재료 통들과 화구 옆쪽에 놓인 양념 통들을 가리키며 말했다.

"물론 이 중에서 골라서 쓰라는 거지 여기 있는 모든 재료와 양념이 다 들어가는 건 아니라는 거 알고 있지?"

"네."

호검은 일단 눈으로 재료들과 양념들을 훑어보았다.

'생강, 파, 양파, 감자, 양배추, 돼지고기… 양념은 청주, 간장,

굴소스, 설탕, 춘장…… 근데 이걸 잘 만들어, 말아?'

호검은 기본적으로 춘장을 기름에 볶아서 써야 한다는 건 알고 있었다. 그리고 중국 요리의 걸쭉함은 전분물로 만든다는 것도 알고 있었고. 그의 기본 지식과 미각, 후각, 시각으로 알아낸 것들을 조합하면 얼추 비슷한 맛이 나게 할 수 있을 것 같았기에 고민이 되었다. 물론 아직 고소한 맛이 나는 한 가지를 잘 모르긴 했지만 말이다.

'그래도 부주방장 눈에 거슬리면 안 되겠지? 그냥 대충 만드는 게 낫겠어……'

호검은 제대로 된 자장면을 만들지 않기로 마음을 정했다. 그는 마음을 정하고 나서 곧바로 기본적으로 들어가는 재료들을 따로 소쿠리에 담기 시작했다. 그러자, 다른 주방 식구들도 구경을 하려고 그의 곁으로 몰려들었다.

"잘해봐!"

"막내, 파이팅!"

"네! 감사합니다."

다른 파트장들은 호검에게 응원을 보내주었고, 호검은 멋쩍게 웃으며 감사 인사를 했다.

호검은 일부러 생강을 빼고 재료를 따로 담아두었고, 이제 바로 웍을 잡았다. 원래 웍에 춘장부터 볶아놓아야 하는데, 호검은 일부러 춘장을 안 볶고 사용하려고 곧바로 채소들을 볶을 생각이었다. 물론 가장 먼저 파기름을 만들어야 하기에 웍에 기름을 넉넉히 두르고 파를 담아둔 소쿠리를 집어 들었다.

"다들 거기서 뭐 하십니까?"

호검이 막 파를 기름에 넣으려는 순간, 천학수가 나타났다. 모여 있던 주방 식구들은 다들 천학수를 보고 인사를 했다. 그리고 식사장이 말했다.

"아, 안녕하세요. 지금 막내가 자장면 만들어요."

"막내가 왜 자장면을?"

천학수가 가까이 다가와 호검을 쳐다보며 물었고 호검은 일단 잠시 화구의 불을 껐다.

부주방장은 천학수가 오늘 일이 있어서 식당에 못 나온다고 전해 들었었는데, 갑자기 그가 나타나자 당황했다. 게다가 이런 상황에서 나타났으니 더 난감했다.

"음, 그게, 그냥 재미로 제가 한번 시켜봤습니다."

"재미로?"

"아, 네……."

천학수가 살짝 못마땅한 어투로 되묻자 부주방장은 기어들어 가는 목소리로 대답했다. 하지만 곧 천학수가 슬쩍 한쪽 입꼬리를 올리며 말했다.

"재밌겠네. 한번 해봐."

부주방장은 지금 속으로 후회를 하고 있었다. 천학수가 나타날 줄 모르고 호검에게 자장면을 만들어보라고 시킨 것인데, 천학수까지 보게 되었으니 자칫 호검이 정말 자장면을 잘 만들어내기라도 하면 이건 부주방장에게는 그닥 좋은 일이 아니게 될 것이다.

'아냐, 저런 초짜가 저걸 해낼 리가 없어. 지금도 춘장부터 볶지 않잖아? 분명 못할 거야.'

먹어만 보고 그 맛을 똑같이 만들어낸다는 것은 사실 상식적으로 불가능한 일이었기에 부주방장은 마음을 편히 가졌다.

호검은 지금 머릿속이 복잡했다. 천학수가 보고 있는데 일부러 못하는 모습을 보이는 건 호검에게 마이너스가 될지 모른다. 천학수까지 보게 된 이상 자장면을 망칠 수는 없었다.

'어쩔 수 없지. 최선을 다하는 수밖에.'

결국 호검은 최선을 다해 자장면을 만드는 것으로 노선을 변경하여, 손에 들고 있던 파가 담긴 소쿠리를 내려놓고 춘장을 퍼서 기름에 투하했다.

부주방장은 호검이 파를 넣으려다가 춘장을 넣어 볶는 것을 보고 불안감이 엄습했다. 게다가 호검은 굉장히 굳은 표정으로 웍 안에서 볶아지는 춘장을 뚫어져라 보면서 국자를 움직이고 있었다.

'뭐야, 뭔가 알고 있는 거야? 왜 이렇게 여유 있어 보이지?'

호검은 춘장을 뚫어져라 보면서 잘 볶이고 있는지 눈으로 확인하고, 냄새를 맡아보면서 볶인 정도를 가늠했다.

'오케이. 다 됐어.'

호검은 다 볶은 춘장을 그릇에 따로 담아놓았다. 호검이 볶은 춘장을 그릇에 담아두자, 천학수가 젓가락을 하나 가져오더니 춘장이 제대로 볶였는지 젓가락으로 조금 찍어 맛을 보았다. 그는 알 수 없는 미소를 짓더니 부주방장에게 말했다.

"한번 먹어봐."

"아, 네."

부주방장도 젓가락을 하나 꺼내 와서 호검이 볶은 춘장을 맛보았다.

"으음."

"어때?"

"떫은맛이 모두 사라지게 잘 볶았네요."

"그렇지? 허허."

잘 볶인 춘장의 맛은 호검이 만들 자장면에 대한 기대를 한층 높였다. 다른 주방 식구들 역시 학수와 부주방장의 말을 듣고 호검에 대한 걱정이 슬슬 기대로 바뀌어가고 있었다.

하지만 호검은 둘의 대화에 귀를 기울일 정신이 없었다. 그는 춘장을 볶아냈던 웍에 이제 돼지고기를 볶으려 하고 있었다.

그는 돼지고기를 넣기 전에 기름에 파를 넣어 향긋한 파 향이 배인 파기름을 만들었다. 그리고 이어 곱게 다진 생강과 깍둑썰기 한 돼지고기를 조금 볶다가 청주를 부었다. 청주를 붓자 갑자기 불길이 화륵 타올랐지만, 호검은 눈도 깜짝하지 않고 웍을 계속 흔들며 웍 안의 재료들을 돌려주고 있었다.

천학수는 그의 웍 돌리는 자세라든지, 불길에 태연한 모습 등을 보면서 속으로 생각했다.

'잘하는군.'

현우와 재석도 그의 손놀림을 보면서 속으로 감탄하고 있었다.

'쟤, 중국집에서 일한 경력 있는 거 아냐? 아니고서야, 어떻게……!'

호검은 다른 사람들은 신경 쓸 겨를이 없었다. 그는 지금 온 정신을 집중해서 오로지 아까 먹어본 자장 맛을 재현해 보려고 노력 중이었다. 호검은 청주를 넣은 후 간장과 굴 소스를 넣고, 감자, 양파, 양배추 순으로 넣고 계속해서 채소를 볶아댔다. 그리고 채소들이 어느 정도 다 볶아지자, 춘장을 넣고 더 볶다가 설탕을 조금 넣고, 다른 재료들이 다 잠길 정도로 물을 부었다. 그리고 팔팔 끓도록 두었다.

'여기까진 어떻게 다 됐는데……'

이제 호검이 모르던 딱 한 가지 양념 재료가 남아 있었다.

그는 마지막 한 가지 양념 재료를 알아내기 위해 화구 옆에 놓인 양념 통들에 들어 있는 재료들을 하나씩 맛보기 시작했다.

양념은 보통 가루나 액체여서 그냥 육안으로 봐서 무엇인지 알기는 힘이 들었기 때문에 뭔지 모르는 것들을 하나씩 맛을 봐야 알 수 있었다.

물론 아까 설탕, 간장, 굴소스, 청주를 쓸 때도 호검은 일일이 맛을 보고 난 후 사용했다. 맨날 이 불 앞에서 요리를 하는 사람들은 보통 같은 자리에 계속 같은 양념을 놓기 때문에 맛을 안 보고도 그 양념이 무엇인지 알고 있었지만, 호검은 처음 보는 소스들이라 당연히 맛을 봐야만 했다. 게다가 부주방장이 뭔가 더 많은 양념을 가져다 놓은 듯 화구 옆에 양념 통이 가득했다. 흰색 가루도 여러 개, 누런 빛깔의 가루도 여러 개, 투명한 액체, 검정 액체 등 다양한 양념들이 10여 가지나 놓여 있었다.

일단, 호검은 간장, 굴소스, 설탕은 금방 사용했으니 알고 있었고, 식초와 산초 가루는 냄새만 맡아도 알 수 있었다. 그는 먼저 쌈장 색깔과 비슷한 양념을 맛보았다.

'이건 두반장처럼 보이는데… 그래도 확실히 맛을 봐야지.'

그가 두반장으로 예상했던 것은 두반장이 맞았다. 호검은 이어 그 옆에 있는 빨간색 소스도 맛을 보았다. 그는 그 소스를 맛보더니 눈이 동그래져서 부주방장을 쳐다보며 물었다.

"이거, 케첩이에요?"

"케첩 처음 봐? 뭘 그렇게 놀라?"

부주방장이 퉁명스럽게 대꾸했다.

"아니, 케첩은 서양 소스인데……."

호검은 중식당에 케첩이 양념 재료로 떡하니 나와 있는 것이 조금 의아했던 모양이었다.

"원래 케첩은 중국에서 유래된 소스야. 중국 광둥성에서 '키찹'이라는 생선을 발효해서 만든 진한 소스를 만들어 썼는데, 그게 유럽과 미국에 전파되며 오늘날의 케첩으로 탄생된 거거든."

천학수가 부주방장 대신 설명을 해주었다.

"아하……."

호검이 천학수의 설명에 고개를 끄덕였고, 현우와 재석도 처음 알았는지 호검처럼 고개를 끄덕였다.

다음으로 호검은 노란빛을 띠는 걸쭉한 액체를 숟가락으로 살짝 떠서 냄새를 맡아보았다.

'이건 참기름이네. 뭔가 고소한 맛이 참기름일까? 아냐, 담백한 고소함이었어…….'

호검은 계속해서 양념들을 냄새도 맡고 맛도 보면서 고소한 맛의 한 가지를 찾아내려고 했다. 잠시 후, 호검은 결심을 굳힌 듯 고개를 한번 단호히 끄덕이더니 흰색 가루를 숟가락으로 푹 폈다. 그리고 물에 그 흰색 가루를 풀었다.

그사이 웍에 담긴 자장은 보글보글 잘 끓고 있었고, 호검은 새 숟가락을 꺼내 양념들 중에서 누런 빛깔을 띠는 고운 가루를 끓고 있는 자장에 한 숟갈 푹 떠 넣고 잘 섞었다.

그러자, 부주방장의 표정은 굳어졌고, 재석은 표정이 밝아졌다. 재석은 자장면 레시피를 알고 있었기 때문에 호검이 맞게 재료를 넣었다는 것을 안 것이다. 다른 파트장들도 자장면 레시피는 알고 있었기에 서로 수군거렸다.

"오, 대단한데?"

"지금까지 다 맞게 했지?"

"네, 근데 같은 재료를 써도 넣는 양에 따라, 불의 세기나 볶는 시간 등에 따라 맛이 천차만별이잖아요. 과연 비슷한 맛을 낼 수 있을까요?"

칼판장이 식사장을 보고 슬쩍 물었다.

"일단 과정에서도 별문제는 없었으니까, 꽤 비슷한 맛이 나오지 않을까?"

식사장은 은근 기대하는 눈치였다. 부주방장보다 나이는 많지만 수제자로 선택되지 못해서 식사장을 하고 있는 그는 부주방장을 평소에 별로 좋아하지 않기도 했고, 막내를 괴롭히는 부주방장이 너무하다고 생각하기도 했기 때문이다.

그때, 천학수가 호검에게 물었다.

"그게 뭔지 알고 넣는 거야?"

"네, 볶은 콩가루요."

"음, 그래. 맞아. 계속해."

천학수는 담담하게 말했지만, 속으로는 굉장히 놀라고 있었다. 기본적인 재료의 선택에서부터 요리 과정, 그리고 숨은 비법 재료까지 호검은 맛만 보고 그걸 모두 알아낸 것이다.

'이 아이는 정말 천재인 건가?'

여기 들어오기 전 테스트에서 학수가 보여준 국화생선 만들기를 그대로 따라 한 것보다도 지금 호검이 보여주는, 맛만으로 요리법까지 알아내는 일은 더 대단한 일이었다.

'아니지. 자장은 대충 만드는 방법을 알고 있을 수도 있어.'

천학수는 아직은 그래도 더 객관적으로 호검을 지켜보려고 했다. 하지만 곧, 그의 마음은 호검을 인정하는 것으로 바뀌었다.

'하지만, 그래…… 대단한 건 사실이야. 이렇게 재능 있는 사람을 본 것도 처음이고.'

호검은 이어 흰색 가루를 섞은 물 두 숟가락 정도를 웍에 동그랗게 두르듯 부었다. 이 흰색 가루는 바로 전분이었다. 호검은 전분물을 만들어서 자장 소스의 농도를 맞췄고, 잘 섞어 준 후 떨리는 마음으로 맛을 보았다. 호검이 자신 있게 볶은 콩가루를 넣었지만, 사실 이게 자장과 섞여서 아까 그 맛이 날지는 아직 미지수였다.

'음. 비슷한 것 같은데?'

호검이 만든 자장 소스는 고소하고, 담백하고, 맛있었다. 그리고 그가 아까 맛본 자장 소스와도 얼추 비슷한 맛인 듯 했다.

그는 이어 원래 만들어져 있는 자장 소스의 맛을 보았다. 그리고 활짝 웃었다. 이윽고 호검은 불을 끄고 자장 소스의 완성을 알렸다.

"완성됐습니다."

호검이 자장이 담긴 웍을 두고 한 발짝 뒤로 물러섰다. 그러자, 천학수가 주방 식구들을 둘러보며 말했다.

"자, 다들 숟가락 하나씩 들고 와서 맛보세요. 우리 집 자장 맛은 다들 잘 알고 있죠? 호검이가 만든 게 얼마나 비슷한지 다들 먹어보고 한 명씩 말해봅시다."

주방 식구들은 한 명씩 숟가락을 들고 호검의 자장을 맛보기 시작했다.

"오!"

"이야……."

"막내, 너 진짜 재능 있다?"

"감사합니다."

주방 식구들은 다들 감탄사를 연발했고, 호검에게 엄지를 척 들어 보였다. 호검은 쑥스러워하며 머리를 긁적였다. 심지어 식사장은 장난스러운 말투로 이렇게까지 말했다.

"자장 소스는 막내 시켜도 되겠는데요?"

"그래요?"

천학수가 온화한 얼굴로 식사장에게 물었고, 부주방장은 아무 말 없이 무표정하게 서 있었다. 그는 지금 자기가 자기 발등을 찍었다고 생각하는 중이었다.

'으, 괜히 자장은 만들어보라고 해서는……'

다른 주방 식구들이 모두 맛을 본 후 마지막으로 부주방장과 천학수가 숟가락을 들었다. 호검은 이제 둘에게 시선을 집중했다. 부주방장은 호검의 자장 소스를 한 입 먹어보더니 잠시 꿀 먹은 벙어리가 되었다. 반면 원래 말수가 별로 없는 편인 천학수는 오랜만에 말을 쏟아냈다.

"절대음감이라고 있지? 들으면 그 음계가 무엇인지 바로 아는 그런 음감. 요리에도 그런 게 있어. 절대미각. 요리를 먹어보면 무슨 재료가 들어갔는지 한 번에 알아내는 미각. 그런데 절대미각도 먹어본 요리에 뭐가 들어갔는지까지는 아는 거지, 그 요리를 만들어내기까지 하는 건 아니야. 그 요리를 그대로 재현해 내는 사람을 마땅히 부를 만한 말이 없다는 게 아쉽네. 여기 그 말을 붙여주고 싶은 사람이 있는데 말이야."

당연히 그 말을 붙여주고 싶은 사람이란 호검을 말하는 것
이었다. 주방 식구들은 다들 천학수의 그런 극찬은 처음 들
어보는 것이었다. 물론 부주방장도 마찬가지였다. 자신조차도
저런 칭찬을 받아본 적이 없었다. 원래 칭찬에 인색한 스승인
지라 수제자인 부주방장에게 해준 칭찬은 고작 '괜찮다' 정도
였다. 부주방장의 얼굴은 이제 붉으락푸르락하고 있었다.

　하지만 천학수는 부주방장은 물론 다른 사람들은 신경 쓰
지 않고, 이어 말했다.

　"이거 원래 자장 소스랑 합쳐도 되겠어. 맛이 똑같네. 그리
고……"

　학수는 뭔가 할 말이 더 있는지 잠시 뜸을 들이다가 말문
을 열었다.

　"자, 여러분. 올해 수제자 선발은 작년처럼 3월 중에 있을
것 같습니다."

　학수의 말에 주방 식구들은 놀라면서도 기뻐했다. 물론 유
일한 수제자인 부주방장만 빼고.

　원래 학수는 매년 1월 초에 수제자 선발이 언제 있다고 공
지를 하곤 했는데, 올해는 그런 것이 없었다. 그래서 주방 식
구들은 다들 올해는 선발을 안 하려나 보다고 포기하고 있었
는데, 2월 초인 오늘 수제자 선발 이야기를 꺼낸 것이다. 수제
자로 선발이 되면 천학수에게 직접 요리를 배울 수도 있고, 그

에 따라 직급도 올라가게 된다.

지금으로선 호검이 굉장히 유리한 위치에 있어 보였다. 하지만, 수제자는 절대평가였기에 한 명만을 뽑는 것은 아니었다. 그러니 잘하면 다른 사람들에게도 기회가 있는 것이다.

"수제자 선발은 볶음 요리, 튀김 요리, 고난도의 칼질이 필요한 요리, 이렇게 세 가지 요리로 평가합니다. 원래 있는 중국 요리를 연습해서 맛있게 만들어도 되고, 우리 중식당에 있는 메뉴여도 됩니다. 또는 중국 요리를 변형한 요리여도 되고, 완전 새로운 요리여도 됩니다."

호검뿐만 아니라 주방의 모든 식구들은 학수의 말을 열심히 경청했다.

"하지만, 완전 새로운 요리여도, 퓨전이 아니라 중국 요리 같아야 합니다. 사실 이건 여러분들에게는 어려운 것이니, 그냥 있는 요리로 하는 것이 가장 좋을 겁니다. 평가 기준은 맛은 기본이고, 볶음 요리에서 불맛을 살리는 것, 튀김 요리에서 바삭함을 살리는 것, 칼질 요리에서 섬세한 칼질을 주로 심사합니다. 아, 참고로, 이 심사는 나 혼자 심사하는 거라서 내 주관적 의사가 많이 들어간다는 것 양해해 주시기 바랍니다. 자, 이제 저녁 타임 준비 얼른 하셔야죠? 전 또 일이 좀 있어서 이만 가겠습니다."

천학수는 수제자 선발에 대해 공고하고는 주방을 나갔다.

다른 주방 식구들은 천학수가 나가자마자 호검에게 달려와 말했다.

"오! 절대미각 그 이상!"

"대단해, 정말. 이거 다른 음식들도 먹여보고 만들어보라고 할까?"

"다른 건 못 만들어요. 자장면은 그래도 쉬운 요리라 만들 수 있었던 거죠."

호검이 겸손하게 말했다. 물론 그의 말이 맞는 말이기도 했다. 중국 요리 중에 가장 쉬운 것이 자장면이었으니까.

"다들 사장님 얘기 못 들었어? 저녁 장사 안 할 거야?!"

부주방장은 고래고래 소리를 질렀고, 다른 주방 식구들은 모두 슬금슬금 부주방장의 눈치를 보며 저녁 타임 준비에 들어갔다.

그날 일이 모두 끝나고 원래는 신입 축하 파티가 있어야 했지만, 부주방장의 심기가 불편한 관계로 축하 파티는 무기한 연기되었다. 그래서 대신 재석과 현우가 어느 호프집에서 치킨을 사주며 간단히 호검의 아린 입성 축하 파티를 해주었다. 호검은 튀김장의 기가 막힌 찹쌀탕수육을 먹어보지 못해서 아쉬웠지만, 곧 먹어볼 수 있을 거라 생각하고 집으로 돌아왔다.

호검은 집에 돌아오자마자 너무 피곤한 나머지 침대에 뻗고 말았다.

"으아, 너무 힘들다……."

직접 겪어보니까 팔도 팔이지만 계속 서서 움직여 대니 다리가 더 아팠다. 그는 그래도 체력을 기른다고 여러 가지로 운동도 하고 했지만, 피곤한 긴 어쩔 수 없었다.

'그래도 한 달 정도 하면 적응된댔지.'

이건 현우의 경험담이었다. 물론 재석은 몸 전체가 엄청난 근육질이고 체력도 좋아서 처음 중식당에 취직한 날도 그다지 힘들지 않았다고 했다.

'아, 나도 운동 좀 미리 많이 해둘 걸 그랬나?'

호검은 그런 생각을 하다가 지금은 빨리 씻고 자는 게 가장 필요한 것 같아서 얼른 벌떡 일어났다. 그리고 욕실로 걸어가는데, 옆방에서 정국이 호검을 불렀다.

"호검아!"

"어, 왜?"

호검이 욕실로 가다 말고 힘없이 뒤를 돌아보았다. 열린 방문 사이로 인터넷을 하고 있는 정국의 모습이 보였다.

"너 나한테 이용혁·머시긴가가 낸 기사나 그 사람이 친한 사람 얘기가 있으면 알려달랬지?"

정국은 세상 돌아가는 것에 관심이 많은지라 매일매일 인터넷을 하면서 사회 기사, 연예 기사 등등을 항상 훑어보았다.

그래서 호검은 보는 김에 푸드 칼럼니스트 이용혁이 쓴 기사가 있으면 알려달라고 정국에게 부탁을 해놨던 것이다.

"어. 왜, 무슨 기사 있어? 이선우랑 관련된 거 말고 말이야."

"음, 이번에 이용혁이 SNS를 시작했나 본데, 거기 사진들이 많이 올라왔어!"

"그래? 어디 봐."

호검은 얼른 정국의 옆으로 다가와 컴퓨터 화면을 쳐다보았다.

"어, 잠깐. 거기서 멈춰봐."

2. 눈에 들다 I

　호검이 정국에게 멈추라고 한 화면에는 이용혁과 곱게 한복을 차려입은 중년 여성, 그리고 정장 차림의 중년 남성이 환하게 웃고 있는 사진이 있었다.

　"오, 이 여자는 양혜석 명장 아니야? 맞네! 여기 밑에 쓰여 있어."

　정국이 사진 밑 글귀를 가리키며 호검에게 말했다. 사진 밑 글귀에는 이렇게 적혀 있었다.

　―작년 4월, 궁중요리 명장 양혜석 님의 초대. 국내 최고 일식요리사 김민기 님과 함께. 정말 맛있게 잘 먹었습니다! 역시

명장의 솜씨!

"김민기? 이 사람 이름도 어디서 봤는데?"

정국이 고개를 갸웃거렸다.

호검이 미간을 찌푸리며 다시 입을 열었다.

"김민기는 네가 책 사이에서 발견했다고 나한테 전해줬던 그 쪽지에 있던 이름이야. 왜, 유명 요리사들 이름이 적혀 있던 거 있잖아. 양혜석 명장 이름도 거기 있었지……."

"아하. 이용혁이랑 이 두 사람, 친해 보이네. 그치?"

정국이 호검에게 물었다. 호검은 고개를 끄덕이더니 생각에 잠겼다.

'이 사람들이랑 이렇게 셋이 모여서 사진을 찍을 정도면, 게다가 양혜석 명장이 초대해서 식사를 대접했다니. 엄청 친한가? 음……. 작년 4월이라면, 식중독 사건… 아니, 그보다 더 먼저 일어난 파리 사건보다도 이전이잖아?'

호검과 정국은 계속해서 이용혁의 SNS를 훑어보았다. 이용혁은 이번에 SNS를 시작하면서 과거에 찍었던 사진들도 막 올리는 중인 듯했다.

"여기 이선우랑 찍은 사진도 있네. 이건 그때 너 칼질 대회 나갔던 그 요리쇼에서인가 봐."

정국이 마우스 스크롤을 아래로 내리며 사진들을 보다가 이선우가 나오자 호검에게 말했다.

호검은 그때 이용혁을 마주칠까 봐 이선우가 요리하는 모습을 보지 않고 그냥 집으로 돌아왔었다.

　"응. 맞네. 그 밑의 사진들도 요리쇼에서 찍은 건가 보네. 그때 영상 링크도 있고."

　"음, 그리고 다른 것들은 별거 없는데? 다 뭐 인터뷰 사진이랑 기사 링크, 기사에 내보냈던 음식점 사진들, 그런 게 다야. 여기 올린 자료들로 봤을 때 이용혁이랑 개인적으로 친해 보이는 사람은 양혜석 명장이랑 김민기라는 요리사 같네. 이선우를 빼면 말이야."

　"그러게……. 아무튼 고마워. 나중에 또 특별한 거 있으면 말해줘."

　"알았어. 너 지금 자려고?"

　"응. 씻고 자야지. 좀 쉬다가 일하러 나가서 그런가, 피곤해 죽겠다. 넌 안 자?"

　"나도 자야지. 좀만 더 놀다가. 나 내일 휴무잖아."

　"아, 맞다. 그렇지. 그럼 난 씻으러 간다."

　호검은 다시 욕실로 향했다. 그는 샤워를 하면서 양혜석과 김민기에 대해 생각했다.

　'오히려 아버지와 아무 관련이 없었던 이선우보다는 아버지를 아는 사람인 양혜석과 김민기가 더 의심스러운데……? 뭔가 아버지와 원한이 있었던 걸까?'

호검은 씻고 나와 잠이 들기 전까지도 계속해서 〈오대보쌈〉을 망하게 한 원수가 누굴지 고민했다. 원한 관계가 아니고서야 일부러 〈오대보쌈〉을 타깃으로 이렇게까지 할 이유가 없다. 그리고 원한 관계라면 웬만해선 아버지와 친분이 있는 사람이었을 확률이 높고, 그렇다면 아버지와 그래도 아는 사이였던 사람들이 유력한 배후 인물들일 것이다. 게다가 양혜석과 김민기는 이용혁과 개인적으로도 친해 보였다.

아직 이선우와 아버지의 연결 고리에 대해서는 호검이 알아낸 바가 없으므로, 이선우와 아버지는 서로 모르는 사람이라 치고, 양혜석과 김민기는 아버지가 아는 사람들이니 〈오대보쌈〉을 망하게 한 배후 인물로 이쪽이 더 가능성이 있어 보였다.

'근데, 그럼 쪽지에 나와 있던 천 셰프님, 황고원, 수향 스님도 의심해 봐야 하는 건가? 황고원이란 분도 무슨 약초 요리 하신다고 산에 들어가셨다니까 세상일에 별 관심은 없으셨을 것 같고, 수향 스님도 그렇고…… 천 셰프님은 무뚝뚝해 보이긴 하지만 나빠 보이진 않던데…… 아니지, 열 길 물속은 알아도 한 길 사람 속은 모른댔어. 일단 천 셰프님이 이용혁과 친분이 있는지 알아봐야겠다.'

호검은 일단 용의 선상에 양혜석과 김민기를 올려두고, 좀 더 조사를 해보기로 했다. 그리고 천학수에 대해서는 마침 자신이 천학수의 중식당에 취직해 있으니 옆에서 관찰을 해보아야겠다고 생각했다. 그러다 호검은 문득 아버지와 가장 친했던 쿠치나투라 요리학원 원장 최민석이 떠올랐다.

'민석 아저씨도 의심해야 하나……? 아니야, 민석 아저씨는 나한테 그렇게 잘해주셨는데 그럴 리가 없지…….'

호검은 이런 저런 추측을 해보다가 너무 피곤했던 나머지 어느 순간 곯아떨어졌다.

다음 날 아침, 호검은 휴대폰 벨소리에 잠을 깼다. 그는 눈이 반쯤 감긴 채 손으로 머리맡을 더듬어 휴대폰을 찾아내고는 바로 전화를 받았다.

"여… 보세요……."

―어? 호검아, 아직 자는 거야? 난 출근 중일 줄 알고 전화한 건데…….

전화를 건 사람은 수정이었다.

"출근? 지금 몇 신데?"

호검이 깜짝 놀라 눈을 부릅뜨며 자리에서 벌떡 일어났다. 그리고 벽에 걸린 시계를 쳐다보았다.

8시 20분.

"으아아아! 뭐야, 알람 안 울렸나 봐! 아니, 내가 잠결에 껐나? 으으, 수정아, 나 늦어서 이따가 전화할게."

―아, 알았어.

"참, 고마워. 깨워줘서!"

호검은 전화를 끊자마자 욕실로 뛰어들어 갔다. 그는 10분만에 준비를 마치고 쏜살같이 집을 나갔다.

호검은 겨우 9시 1분 전에 〈아린〉에 도착했는데, 사실 신입은 좀 더 일찍 와야 하는 거라 지각을 한 것이나 다름없었다. 이미 다른 주방 식구들은 모두 출근을 한 상황이었고, 호검은 조리복으로 옷을 갈아입기 전에 먼저 주방으로 들어가 인사를 했다.

"늦어서 죄송합니다! 얼른 옷 갈아입고 오겠습니다! 죄송합니다!"

부주방장은 못마땅한 표정으로 호검을 째려봤지만, 식사장은 허허 웃으며 말했다.

"원래 신입들은 출근 둘째 날 다들 늦어. 넌 그래도 간당간당하게 왔네. 얼른 옷 갈아입고 와."

"네!"

호검은 식사장의 말에 조금 안도하며 옷을 갈아입으러 탈의실로 후다닥 달려갔다. 탈의실에서 재빨리 옷을 갈아입은 호검은 막 탈의실 문을 열고 나오려다가 멈칫했다. 문밖에서 천학수의 목소리가 들려왔기 때문이다.

"언제?"

천학수가 누군가에게 묻자 젊은 여자의 목소리가 들려왔다.

"어제 사장님 왔다 가신 다음에 연락이 왔어요."

그 여자는 홀을 관리하고 있는 매니저인 황예슬이었다. 그녀는 30대 초반으로, 고양이 같은 눈매가 매력적인 여자였다.

"무슨 프로그램인데?"

"음, 이번에 새로 기획한 프로그램인데, 일반 맛집 프로그램이 아니고, 뭔가 고급스럽게 맛에 대해서 자세히 평가하고, 미식가들도 게스트로 나오고 한대요. 제목은 아직 안 정해졌고, 다음 달에 방영 시작이고요. 근데 첫 소개로 여기를 하겠다는 거예요!"

"음……."

"일단 사장님이 프로그램 나오시는 거 안 좋아하신다는 건 안다면서, 식당이랑 음식 위주로만 촬영하신다고 강조하시더라고요. 홀 서빙 직원들은 조금 나올 수도 있다고 하긴 하던데……. 아무튼, 프로그램 진행자들이 요리 맛을 보러 방문해서 주방 촬영은 없이 서빙된 완성 요리 촬영만 한대요."

천학수는 잠시 고민하는 듯 대꾸가 없었다. 그러자 예슬이 조심스럽게 다시 말문을 열었다.

"하셔도 될 것 같은데……. 옛날에 기사 인터뷰만 하시고 프로그램은 일절 안 하셨잖아요. 재작년인가, 그 맛집 프로그램도 그냥 하셨으면 좋았을 텐데."

"그런 거 안 나가도 장사 잘되잖아."

"근데 이런 프로그램 한 번 나오면 장사가 더, 더, 더 잘된다니까요."

예슬은 은근히 촬영을 하기를 바라는 눈치였다.

"근데, 방문하는 프로그램 진행자들은 누구래?"

"아나운서 이영린 씨랑, 개그맨 조철 씨, 그리고 요리연구가 누구더라, 그 사람은 처음 들어보는 이름이어서 기억이 안 나고요, 또 푸드 칼럼니스트도 하나 있던데……. 이 뭐더라… 꽤 유명한 사람인 것 같았는데."

"설마 이용혁은 아니지?"

천학수의 입에서 이용혁이라는 이름이 나오자 호검은 깜짝 놀랐다.

'역시 천 셰프님도 이용혁이랑 아는 사이인가?'

호검은 아예 탈의실 문에 귀를 대고 숨도 죽인 채 둘의 대화에 집중했다.

"오! 맞는 것 같아요. 푸드 칼럼니스트 이용혁!"

"에이. 그거 안 한다고 그래."

갑자기 천학수는 언성을 살짝 높여 대답했다.

"아니, 사장님, 왜요! 이용혁 씨 안 좋아하세요?"

"어. 안 한다고 그래."

그리고 천학수가 걸어가는 발소리가 들려왔다.

'이용혁을 싫어하네? 다행이다.'

호검은 천학수가 〈오대보쌈〉 사건과 관련이 없는 것 같아 마음이 놓였다. 그는 속으로 천학수에 대해 좋게 평가하고 있었는데, 심지어 자기처럼 이용혁을 싫어하니 더 천학수가 마음에 들었다.

"후우. 사장님도 참. 방송에 나가면 더 유명해지고 그럼 막 1호점, 2호점도 내고 얼마나 좋아. 저렇게 욕심이 없으시다니까."

예슬은 툴툴대며 사라졌고, 그녀의 구두 소리가 완전히 사라진 후 호검은 탈의실 문을 열고 나와 주방으로 뛰어갔다.

호검은 주방으로 들어오자마자 자신이 늦게 오는 바람에 혼자 일을 했을 현우에게 다가가 미안한 표정으로 말했다.

"죄송해요, 형."

"아냐, 재석이 형이 일찍 와서 도와줬어. 원래 신입들 출근 둘째 날은 둘 중 하나거든. 아예 안 나오거나, 늦게 나오거나."

하루 일해보고 아예 일을 그만두거나, 아니면 첫날 일이 고되니 다음 날 늦는 경우가 허다한 모양이었다.

"아, 그래요? 그래도 일찍 나왔어야 하는 건데……. 내일부터는 꼭 일찍 나올게요! 양파 다듬을까요?"

"응."

호검은 곧바로 대야에 가득 담긴 양파의 껍질을 벗기기 시작했다.

점심 손님을 맞을 재료 준비가 거의 끝나갈 때쯤, 천학수가 주방에 나타났다.

"안녕하세요."

"안녕하세요."

부주방장을 필두로 주방에 있는 사람들이 천학수를 보자 연이어 인사를 했다. 천학수는 오늘 다른 일이 없어 점심때 직접 요리를 하러 주방에 나온 것이었다. 천학수도 주방 식구들에게 인사를 하더니, 곧바로 재석에게 다가왔다.

"재석아, 주방 보조 구한다고 공고 좀 다시 올려."

학수의 말에 주방 식구들 모두 놀란 표정으로 그를 쳐다보았다. 이미 두 명이나 뽑았는데, 주방 보조를 또 뽑겠다니. 주방 보조를 또 뽑겠다는 건 또 다른 수제자 후보를 들이려는 것일 텐데, 학수가 왜 그러는지 알 수가 없었다.

'내가 마음에 안 드시나⋯⋯.'

어제까지만 해도 호검을 굉장히 마음에 들어 하는 눈치였는데, 오늘 대뜸 저런 말을 하니 호검은 갈피를 잡을 수가 없었다. 재석도 의아해서 되물었다.

"네? 주방 보조요? 벌써 2명이나 뽑았는데, 또 뽑으시게요?"

"아, 아니다. 이번엔 주방 아주머니를 뽑는다고 해. 두 명. 점심, 저녁 따로 해서 말이야. 테스트 없고, 설거지 경력 있는 분들로. 네가 보고 최대한 빨리 뽑아. 설거지만 잘하면 된다고 해."

재석은 갑자기 설거지할 주방 아주머니를 뽑겠다는 천학수의 말에 고개를 갸웃했지만, 일단 알겠다고 대답했다.

"아… 네."

그러자 학수는 이번엔 몸을 돌려 다른 주방 식구들을 둘러보며 말했다.

"내가 보니까 설거지하는 분을 따로 두어야 다들 조금씩 여유가 생길 것 같아서 설거지 담당 아주머니를 두 분 뽑기로 했어요. 파트타임으로요. 갑자기 한쪽으로 주문이 몰리는 경우도 있고 하니까, 파트장님들은 일손이 부족할 때 여기 호검이랑 현우, 재석이, 용식이 얘들을 보조로 쓰세요. 아시겠죠?"

"네!"

다른 주방 식구들은 일손이 는다는데 싫어할 이유가 없었다. 게다가 곧 수제자 선발전이 있을 텐데, 설거지를 해주는 아주머니가 따로 있으면 조금 일찍 일을 마무리할 수 있고, 따로 요리를 연습할 시간도 생길 수 있으니까 말이다.

하지만 눈치 빠른 부주방장은 안색이 어두워졌다.

'아, 짜증 나. 저 호검인가 뭔가, 저 자식 설거지 안 하게 해주려고 저러시는 거지. 쳇. 내가 뭘 그렇게 잘못했다고 다른 수제자를 뽑으신다고 난리야. 그때 그 맛집 프로그램도 다 자기를 위해서 내가 추진했던 건데, 내가 다 만들어놓은 걸 엎

어버리고 말이야. 고지식하고 답답한 사람이야.'

갑자기 부주방장이 울컥해서 웍을 잡고 있던 손을 탁 놨다.

'아, 진짜. 요즘 요리도 더 안 가르쳐 주는데, 확 나가 버릴까.'

부주방장 김형일은 천학수와 성향이 맞지 않았다. 천학수는 유명세는 상관없이 오로지 요리에 대한 열정으로 똘똘 뭉친 사람인 반면, 김형일은 유명해지고 싶었고, 잘난 척하는 것을 즐기는 타입이었다. 그래서 형일은 방송 프로그램 출연을 굉장히 하고 싶어 했는데, 번번이 천학수에게 막혀 방송에 나가질 못했다.

그러다 형일이 재작년 말에 맛집 방송을 천학수와 상의도 없이 막무가내로 추진하려다 천학수와 사이가 조금씩 틀어지기 시작했는데, 결정적으로 사이가 틀어진 것은 몇 달 전 형일이 술김에 한 실수 때문이었다.

중식당 〈아린〉이 맛집으로 소문이 나 장사가 잘되기 시작한 건 작년부터였는데, 이에 천학수도 중식당에서 일하는 요리사들 사이에서 더 유명해졌다. 그래서 수제자인 형일의 어깨가 으쓱해졌고, 자신이 천학수의 수제자라는 것을 떠벌리고 다니기 시작했다.

학수는 그런 형일이 안 그래도 못마땅했었는데, 그러던 중 자신이 형일에게 가르쳐 준 중국 요리 레시피 중 하나가 다른 중식당으로 유출되었다는 사실을 알게 되었다.

형일은 다른 중식당에서 일하는 친구들이 많아서 종종 같이 술자리를 하곤 했는데, 술김에 한 친구에게 학수에게 배운 중국 요리 레시피 하나를 자랑하듯 말해 버렸던 것이다.

그 레시피는 바로 홍소두부 레시피였다.

홍소두부란 노릇하게 튀긴 두부를 졸인 간장 소스에 버무린 요리인데, 강한 불로 간장을 가열해 살짝 졸여내면서 붉은 색이 나도록 만들기 때문에 붉을 홍(紅) 불사를 소(燒) 자를 써서 홍소두부라고 한다. 그런데 학수가 만드는 홍소두부에는 먹어봐도 알 수 없는 비법이 들어가 있었다.

물론 간장을 강한 불로 가열해 내는 기술도 하나의 비법이 될 수 있지만, 여기서 비법은 바로 두부에 있었다. 다른 요리사들은 그냥 두부를 사서 사용하지만, 천학수는 직접 두부를 만들었다. 그리고 그가 직접 만든 두부로 요리한 홍소두부는 두부가 너무나 부드러워서 입에서 살살 녹았다. 〈아린〉에서는 특별히 예약 주문을 해야 이 홍소두부를 맛볼 수 있었는데, 맛본 손님들은 다들 이 맛을 잊지 못할 정도였다. 그런데 형일이 이 두부를 만드는 중요한 비법을 발설해 버린 것이다.

학수가 두부를 만드는 비법은 바로 계란에 있었다. 그는 두부를 만들 때 콩물에 계란을 섞어 쪄내는 방식을 사용했는데, 이렇게 하면 담백하면서도 부드러운 두부를 맛볼 수 있다. 이건 학수가 중국의 유명한 요리사에게서 직접 배운 비법 중 하나였다.

천학수는 그 일 이후로 형일을 믿을 수 없어 다른 요리들은 가르쳐 주지 않고, 일단 부주방장 직책을 주었다. 물론 부주방장을 하기에는 형일의 실력이 아직 모자랐지만 말이다.

처음 한두 달은 학수가 요리를 더 가르쳐 주지 않아도 형일은 자신이 천학수 다음으로 높은 지위에 있으니 불만도 없었고, 매우 좋아했다. 하지만 학수가 새로운 수제자를 뽑으려 한다는 사실을 알게 되면서 형일은 점점 불만이 쌓여가고 있었다.

'진짜 확 그만둬 버려?'

부주방장 형일이 이런 생각을 하며 화구 앞에 가만히 서 있는데, 학수가 다가와 형일이 놓은 웍 손잡이를 잡았다. 그리고 고갯짓으로 옆으로 가라는 신호를 했다.

형일은 얼른 학수가 시키는 대로 그의 옆자리로 자리를 옮겼다.

'아, 근데 지금 나가면 그 비밀 레시피가 뭔지 알 수가 없잖아. 게다가 다른 데 가면 부주방장 자리로 못 들어갈지도 모르고……'

형일은 일단은 참으며 이 자리를 보존하고, 어떻게든 자신의 이미지를 회복해서 학수에게 비밀 레시피를 배운 다음에 〈아린〉을 나가기로 마음먹었다. 사실 형일은 자신이 그 홍소두부 레시피를 발설했다는 사실을 학수가 모르는 줄 알았다. 왜냐하면 학수는 형일에게 유출된 레시피에 대해 전혀 묻지 않았고, 혼을 내지도 않았기 때문이다.

학수는 형일에게 그런 말을 하느니 이미 엎질러진 물이라 생각하고 형일에게 다른 중요한 요리 레시피들을 가르쳐 주지 않는 방법을 택했다. 당연히 비밀 레시피를 형일에게 가르쳐 줄 생각도 전혀 없었다. 그게 바로 천학수가 새로운 수제자를 뽑으려는 경위였다.

천학수는 이번에는 일단 재능 있는 사람을 수제자로 뽑은 후 옆에서 조금 두고 보면서 먼저 인성부터 확인하려고 했다. 그리고 요리에 대한 열정을 가지고, 비밀도 잘 지키는 사람일 경우에만 중요한 레시피를 가르쳐 줄 계획이었다.

이렇게 학수와 형일은 화구 앞에 나란히 서서 서로 다른 생각을 하고 있었다.

'저 아이가 잘해주면 좋겠는데⋯⋯.'

학수는 고개를 돌려 설거지통 앞에서 대기 중인 호검을 힐끗 쳐다보았다. 지금 상황에서 가장 유력한 수제자 후보. 학수의 인생에서 처음 보는 엄청난 재능을 가진 사람, 그건 바로 호검이었다.

드디어 점심 주문이 밀려들기 시작했고, 학수는 직접 웍을 돌리며 요리를 했다. 하지만 주문 요리가 3개 정도 들어오면 그중 하나만 학수가 하고 나머지 2개는 부주방장인 형일을 시켰다.

"내가 팔보채 만들 테니까, 네가 난자완스랑 마파두부 만들어."

"네!"

호검은 설거지를 하면서 슬쩍슬쩍 학수가 요리하는 모습을 곁눈질로 보았다.

'손목이 아직도 안 좋으신가?'

다른 사람들은 알아채지 못했지만, 호검은 웍을 잡고 돌리는 학수의 손목이 조금 불편해 보였다. 저번에 봤던 그 학생들을 가르치는 동영상에서처럼 말이다.

사실 학수는 손목이 안 좋아서 최대한 요리를 자제하는 중이었다. 그리고 이 때문에 더 빨리 수제자를 뽑으려고 하는 이유도 있었다. 하지만 부주방장인 형일은 학수의 몸 상태에 대해선 아무런 관심이 없었고, 관찰력도 그다지 좋지 않았기 때문에 이런 것을 전혀 모르고 있었다. 형일은 그저 학수가 자신을 부려먹기 위해서 일을 더 시킨다고 생각했다.

그런데 한 1시간쯤 지나자, 학수가 갑자기 웍을 내려놓더니 부주방장에게 말했다.

"아, 나 깜빡한 일이 있었네? 형일아, 네가 다 맡아줘."

학수는 형일에게 주방을 맡기고 나가 버렸고, 그는 차라리 학수가 없는 편이 자기가 제일 높은 위치가 되는지라 더 편해서 좋았다. 물론 호검은 학수의 요리하는 모습을 더 볼 수 없어 아쉬워했지만.

3. 눈에 들다II

　점심 영업시간이 끝나고, 이제 주방 식구들의 늦은 점심시간이 되었다. 이번엔 웬일로 부주방장인 형일이 오징어볶음을 해주겠다고 나섰다. 다른 주방 식구들은 찬성했고, 식사장은 냉장고에서 계란을 꺼내며 말했다.

　"오, 좋아! 그럼 내가 계란말이 할게."

　형일이 오징어볶음을 만들고, 식사장이 계란말이를 만드는데, 홀 매니저인 예슬이 들어왔다.

　"오늘 메뉴 뭐예요?"

　형일은 예슬을 보자마자 활짝 웃었다. 호검이 눈치를 보아

하니 형일이 예슬을 좋아하는 것 같았다. 호검은 재석에게 슬쩍 다가가 귓속말로 물었다.

"형, 부주방장님이 저 매니저 누나 좋아하죠?"

"으음, 아마도?"

재석은 호검을 보며 추측이 맞을 거라는 의미의 미소를 지었다.

형일은 예슬을 좋아한다는 걸 스스로 증명이라도 해 보이려는 듯 처음 들어보는 다정한 목소리로 예슬에게 대답했다.

"오징어볶음이랑 계란말이야. 다 되면 홀에 가져다줄게."

"알았어요. 고마워요, 부주."

예슬은 고양이 같은 눈웃음을 흘리며 형일에게 말했고, 형일은 그 눈웃음에 녹은 듯 싱글벙글 웃으며 대꾸했다.

"하하. 뭘. 나눠 먹어야지."

원래 홀 서빙 직원들도 주방에서 만든 점심 메뉴를 같이 나눠 먹었는데, 어제는 홀 서빙 직원들끼리 따로 나가서 먹어서 홀에 음식을 나눠주지 않았던 것이었다.

곧 매콤하고 맛있는 냄새가 풍기기 시작하더니 순식간에 오징어볶음이 완성되었다. 계란말이까지 완성되자, 형일이 직접 그중 일부를 홀에 가져다주었다. 그러고 나서 주방 직원들은 밥을 먹기 시작했다.

그런데 그때, 예슬이 갑자기 주방으로 들어와서 호검을 찾왔다.

"강호검 씨!"

"네? 저요?"

호검이 막 숟가락을 들려다가 예슬의 부름에 벌떡 자리에서 일어섰다.

"잠깐만, 나 좀 봐요."

호검은 예슬이 무슨 일로 자신을 보자고 하는지 의아해서 고개를 갸웃거렸고, 형일의 표정은 또 일그러졌다.

'예슬이는 왜 쟤를 보자는 거지?'

호검은 얼른 예슬을 따라 주방을 나갔다. 예슬은 호검을 사장실로 안내했다.

"사장님이 호검 씨 불러오랬어."

"네? 절요? 왜요?"

"나도 몰라. 아무튼, 이따 주방에 돌아가면 음… 내가 이력서에 적힌 주소 확인하려고 호검 씨 불렀다고 해."

"네."

"얼른 들어가 봐."

호검은 사장실 문을 두드렸다.

똑똑.

"어, 들어와."

천학수의 목소리를 듣고 호검은 문을 조심스럽게 열으며 안으로 들어갔다.

"저 부르셨어요?"

"어. 이리 와서 앉아."

"네."

시장실 안에는 굉장히 맛있는 냄새가 가득 차 있었다. 호검은 안 그래도 지금 밥을 먹으려다 하나도 못 먹고 이리 불려 왔는데, 맛있는 냄새가 또 그의 코끝을 자극하자 더 배가 고파왔다. 그런데 학수가 와서 앉으라고 한 소파 앞 테이블에 맛있는 냄새의 정체가 쭉 놓여 있었다. 테이블에는 여러 가지 다양한 중국 요리들이 놓여 있었고, 밥도 두 공기가 놓여 있었다.

'이게 다 뭐야?'

호검이 눈으로 봐도 이름조차 모르는 요리들이 테이블에 즐비한 것을 보고 눈이 휘둥그레졌다. 총 다섯 가지 요리와 국이 하나 놓여 있었는데, 무슨 얇은 삼겹살 같은 것과 야채가 함께 있는 요리도 있고, 통통한 새우와 버섯 등이 들어간 요리도 보였다. 탕수육처럼 보이는 튀김 요리도 있었는데, 위에 파와 고추 등이 얹어져 있는 것으로 보아 탕수육은 아닌 듯했다. 국도 호검은 처음 보는 것이었는데 두부와 표고버섯 등이 들어가 있었다. 유일하게 그가 알 수 있는 것은 양장피 하나였다. 그것도 요전에 먹어봐서 아는 것이었다.

'아, 저건 알겠다. 양장피! 맛있겠다⋯⋯.'

그는 맛있어 보이는 중국 요리들을 보고 군침을 삼키며 학수의 맞은편에 앉았다. 호검이 자리에 앉자 학수는 젓가락과 숟가락을 건넸다.

"자, 먹어."

"네?"

호검은 갑자기 학수가 밥을 먹으라고 하니 깜짝 놀라 되물었다. 학수는 태연하게 자기도 젓가락을 들면서 호검에게 다시 말했다.

"점심 같이 먹자고 불렀어. 중국 요리 많이 먹어봤어?"

"아, 아뇨. 자장면, 짬뽕, 볶음밥, 탕수육, 양장피, 깐쇼새우 이 정도만 먹어봤어요. 아, 군만두까지 먹어봤어요. 이런 중식당에서는 한 번도 안 먹어봤고요."

"하긴 다른 데서 먹어봤어도 내가 만드는 거랑은 다를 테니, 어차피 처음 먹는 거나 다름없었을 거야. 얼른 먹어."

그러더니 학수는 유산슬을 크게 한 젓가락 집어 입에 넣었다.

"아, 처음 보는 요리들도 있을 테니 이름이라도 알려줘야겠지? 여기 이건 먹어봤으니 알 거야. 양장피. 내가 지금 먹은 건 유산슬, 이 튀김 요리는 유린기고, 요 삼겹살과 야채는 훈툰칠채라는 건데, 삼겹살로 야채를 싸서 먹으면 돼. 음, 그리고 이건 난자완스. 아까 점심 때 주문 들어왔었잖아. 아, 설거지하느라 못 봤나? 아무튼, 이 국물 요리는 산라탕이야."

"양장피, 유산슬, 유린기, 훈툰칠채, 난자완스, 산라탕……."

호검이 학수가 하나씩 가리키면서 알려준 요리들의 모습과 이름을 함께 기억하려고 이름을 중얼거렸다.

"오, 한 번 듣고도 잘 아네. 들어는 본 이름도 있긴 하지?"

"네, 몇 개는요. 근데, 이걸 다 사장님이 직접 만드신 거라고요?"

호검은 자기와 먹으려고 학수가 이 많은 요리들을 직접 만들었다는 것이 믿기지 않았다.

"그럼 이걸 누가 다 만들었겠어? 하하하."

"근데, 저, 원래 신입들이 들어오면 이렇게 점심 식사를 한 번씩 해주시는 건가요?"

"아니. 당연히 아니지. 너한테만 특별히 해주는 거지."

"왜… 요? 왜 저한테만……?"

호검은 학수가 자신에게 이렇게 요리를 해준다는 게 의아해서 조심스럽게 물었다.

"음, 그냥? 내 요리들을 먹어만 보고도 이것도 따라 만들 수 있을지 궁금해서?"

"그럼 이 요리들을 그냥 먹으라는 게 아니고, 이것도 일종의 테스트인 건가요?"

호검이 난자완스를 하나 집어 먹으려다가 멈칫하고 물었다.

호검의 질문에 학수가 빙긋 웃으며 대답했다.

"아니야, 테스트는. 그냥 먹어."

학수가 아니라고 했는데도 호검은 아직 살짝 의심이 갔다.

'그냥 먹으라고 해놓고 다 먹은 후에 묻는 거 아냐?'

호검이 여전히 머뭇거리고 있자, 학수가 이번엔 소리 내어 웃으며 다시 말했다.

"하하하. 정말 아니라니까. 음… 솔직히 말하자면……."

'그럼 그렇지. 뭔가 의도가 있으니까 이렇게 일부러 요리들을 만들어 주겠지.'

호검이 천학수를 빤히 쳐다보았다.

"물론, 네가 이걸 먹어보고 뭐가 들어갔는지, 어떻게 조리한 것인지 알 수도 있다는 기대를 가지고는 있어. 그렇다고 내가 이걸 테스트하기 위해 널 부른 건 아냐. 네가 요리를 익히는 데 도움이 될까 싶어서 먹어보라는 거야. 넌 먹어보는 것만으로도 많은 걸 알 수 있을 테니까. 그리고 우리 월급 빤한데 그 월급으로 여기저기 다니면서 비싼 고급 중국 요리들을 먹어볼 수도 없잖아."

아무리 〈아린〉에서 근무하고 있다지만 지금 호검은 주방 막내인지라 고급 요리들을 만드는 법을 배우기는커녕 쉽사리 맛볼 수조차 없었다. 그런 호검을 위해 학수는 일부러 설거지만 따로 할 아주머니도 뽑으려 하는 것이고, 또 이렇게 요리를 맛볼 수 있는 기회를 준 것이다. 이건 학수가 호검에게 꿍장히 기대를 하고 있다는 말이기도 했다.

호검은 학수의 배려가 고마웠다. 호검이 아무리 뛰어난 감각과 요리에 대한 재능을 가지고 있더라도 배우지도 않고 먹어보지도 않은 요리를 만들어낼 수는 없는 일이니까.

"아……. 감사합니다!"

"참, 근데 이건 다른 주방 식구들에겐 비밀로 해야 해. 알겠지?"

"네, 알겠습니다. 아, 그럼, 잠시만요."

호검은 학수에게 고개 숙여 인사하더니, 얼른 휴대폰을 꺼내 현우에게 문자를 보냈다.

형, 저 밖에서 점심 먹고 들어가요. 갑자기 누굴 만나서요.

호검은 현우에게 연락을 해놓고, 다시 젓가락을 들었다.

"그럼 잘 먹겠습니다."

그는 가장 먼저 난자완스로 젓가락을 가져갔다. 난자완스는 튀기듯 구운 둥글납작한 돼지고기 완자를 여러 채소를 넣은 걸쭉한 소스에 버무린 요리였다. 난자완스에는 죽순, 당근, 청경채, 표고버섯 등이 완자와 함께 섞여 있었는데, 채소들은 거의 비슷한 크기의 다이아몬드 모양으로 어슷하게 썰려 있었다.

'와, 윤기가 좔좔 흐르네! 완전 맛있겠다!"

호검은 죽순과 청경채, 표고버섯을 완자와 함께 집어 한꺼번에 입에 넣었다. 완자는 아주 갈아버린 고기가 아니라 다진 고기로 만들어져 씹는 맛이 있었으며, 촉촉하고 부드러웠다. 같이 버무려진 죽순과 청경채는 아삭했고, 표고버섯은 쫄깃하면서 씹을수록 입안 가득 표고버섯의 향이 퍼졌다. 소스는 달짝지근하고 짭짜름했는데, 아주 짜지도 않고 간이 딱 맞았다.

"와, 이게 난자완스군요! 맛있어요!"

"그래? 하하하. 다른 것도 천천히 다 먹어봐."

"네, 이게 유린기라고 하셨죠? 돼지고기 튀김인가요?"

"유린기는 기름을 뿌린 닭고기란 뜻이야. 그 아래 깔린 양상추와 함께 먹어봐. 유린기는 새콤하고 짭짤한 소스를 뿌린 닭고기튀김이라서 아삭한 생채소와 잘 어울리지."

"아하."

호검은 학수의 말대로 닭고기튀김을 양상추와 함께 먹어보았다.

"와, 이거 그냥 치킨이랑은 다르네요. 소스도 그렇고. 맛있어요!"

호검은 그 이후로도 계속 감탄을 해가며 중국 요리들을 맛보았다. 사실 이 모든 중국 요리가 다 처음 먹어보는 맛이었다. 그리고 우열을 가릴 수 없을 정도로 다 맛있었다. 중국 요리는 볶고 튀기는 것이 많아서 느끼할 거란 생각이 있었는데, 모든 요리가 소스나 채소와 조화를 이뤄 느끼함이 고소함으로 느껴졌다.

'이야, 아린이 괜히 맛집이 아니구나.'

호검은 너무 맛있어서 배가 부른데도 입으로 계속 요리들이 들어갔다. 학수는 그런 호검을 흐뭇하게 바라보다가 물었다.

"부모님은 뭐 하셔?"

"네?"

일반적인 호구조사였지만, 학수의 질문에 호검은 산라탕을 먹다가 사레가 들리고 말았다.

커걱. 콜록. 콜록.

"아이고, 여기 물. 내가 괜히 잘 먹는데 갑자기 말을 시켰나?"

학수는 얼른 호검에게 물을 건넸고, 호검은 묵례를 하며 물을 받아 마셨다. 그는 물을 마시고 목을 가다듬은 후 입을 열었다.

"부모님은 안 계세요. 고아거든요."

"아… 저런. 미안하구나."

"아니에요. 괜찮아요."

"난 네가 재주를 물려받은 건가 해서 혹시라도 부모님이 요리를 하셨나 하고 물어본 건데……. 계속 먹어.”

학수는 뭔가 호검에게 더 궁금한 것들이 많았지만, 오늘은
그냥 요리나 먹어보게 내버려 두기로 했다. 호검은 요리를 하
나하나 먹어보면서 속으로 어떻게 만든 것일지, 어떤 재료들
이 들어간 건지 열심히 생각해 보았다.

‘음, 산라탕은 닭고기 육수를 사용한 것 같고, 시큼한 맛은
식초, 매운맛은 텁텁하지 않은 걸로 봐서 고춧가루가 아니라
고추기름을 사용한 것 같군.’

호검은 대충 다른 요리들은 거의 다 추측을 할 수 있었는
데, 훈툰칠채의 삼겹살 훈연 방식은 알 수가 없었다. 그는 훈
연이라는 것이 연기로 재료를 익히는 방법이라는 것만 알고
있지, 그 구체적인 방식은 잘 몰랐다.

‘이 훈툰칠채의 삼겹살은 부들부들한데 돼지고기 잡내도
안 나고 달달한 향도 나는 것 같고……. 어떻게 만든 걸까? 훈
연하는 것도 무슨 방법이 있을 텐데……. 물어봐도 될까?’

호검은 잠시 물어볼까 말까 고민하다가 조심스럽게 말문을
열었다.

“저… 이 훈툰칠채의 삼겹살은 어떻게 만든 건지 여쭤봐도
될까요?”

“음, 가마솥에 설탕을 깔고 그 위에 삼겹살을 통째로 넣어
서 훈연한 거야.”

의외로 학수는 거리낌 없이 답을 해주었다.

"아하."

"그거보다 중요한 건 돼지고기 잡내를 잡는 건데, 그건 비밀이야."

학수는 호검에게 알아내 보라는 듯 의미심장한 미소를 지었다. 호검은 고개를 갸웃거리며 훈툰칠채의 삼겹살을 젓가락으로 집어 들어 냄새도 맡아보고 다시 천천히 맛을 음미해 보기도 했다. 그러다 갑자기 고개를 끄덕였다. 학수는 호검이 고개를 끄덕이자, 눈이 동그래지며 호검에게 물었다.

"뭐 좀 알겠어? 잡내를 없앤 비법이 뭔지?"

"짐작 가는 게 하나 있긴 한데요……. 맞는지는 잘 모르겠네요."

"오, 그래? 뭔데? 말해봐."

학수가 기대하며 호검에게 묻는데, 바로 그때, 갑자기 누군가 사장실 문을 두드렸다.

똑똑.

"사장님!"

식사장의 목소리였다. 학수는 흠칫 놀라더니 얼른 호검에게 사장실에 딸린 학수의 요리실로 들어가 있으라는 손짓을 했고, 호검은 재빨리 학수의 개인 요리실 문을 열고 그 안으로 들어가 숨었다.

동시에 학수는 벌떡 일어나 직접 문 쪽으로 다가가 문을 조금 열었다. 그러고는 최대한 안이 보이지 않게 고개를 빼꼼 내밀고 물었다.

"무슨 일입니까?"

"아, 계셨네요. 볼일은 다 보신 거예요?"

"네. 근데, 뭐 할 말 있으세요?"

"네, 안에 들어가서 말씀드릴……."

"여기서 그냥 말씀해 주세요. 음… 안이 엉망이라서요."

"아, 네. 내일 쉬는 날인데, 저는 여기 나와서 요리 연습 좀 하면 안 될까요? 재료는 개인 재료 따로 사 와서 할 거고요, 다 하고 깨끗이 치워놓을게요."

"음, 그러세요."

"감사합니다."

식사장은 꾸벅 인사를 하고 돌아갔다. 천학수는 얼른 문을 닫아걸었다. 그리고 다시 호검을 불렀다.

"나와."

호검은 학수의 부름에 조심스럽게 개인 요리실에서 나와 다시 소파에 앉았다. 호검이 자리에 다시 앉자마자, 학수는 다시 눈을 반짝이며 얼른 아까 하던 질문을 다시 했다.

"그래서, 훈연할 때 설탕 말고 뭘 더 넣은 거 같아?"

"음, 홍차 잎 아닌가요?"

호검이 조심스럽게 대답하자, 학수는 입을 쩍 벌렸다. 학수는 사실 이것까지 맞힐 것이라는 생각은 못 했다. 홍차의 향은 아주 미미했을 뿐 아니라 보통은 녹차 잎이라고 생각하기 쉬웠기 때문이다.

"아니, 어떻게 알았어?"

"맞아요? 홍차 잎이에요?"

호검은 오히려 자신이 더 놀라 되물었다. 자기 코가 이렇게 개코라니. 그의 후각은 점점 더 발달하고 있는 것 같았다.

"맞아. 근데 정말 어떻게 알았어? 향이라도 맡은 거야?"

학수는 굉장히 놀라서 격양된 목소리로 다시 물었다. 호검은 사실 홍차 향을 조금 느끼긴 했는데, 이게 홍차 향이 맞는지 긴가민가했다. 그런데 맞다고 하니, 갑자기 홍차 향을 맡았다고 대답하기가 망설여졌다. 왜냐하면 호검이 무엇이든 맛을 보면 숨겨진 향과 맛을 다 알아낸다고 생각하게 된 학수가 자신의 요리를 더 이상 맛보여 주지 않을까 봐 걱정이 되었기 때문이다. 호검은 일단 너무 천재로 보이는 것은 조금 조심해야 할 거란 생각이 들었다.

"아, 그냥 찍, 찍었어요. 어디선가 홍차로 훈연을 한다는 그런 얘기를 본 적이 있는 것 같아서요."

"아니, 찍기 실력도 굉장한데? 허허허. 그런데, 홍차 잎을 훈연에 사용한다는 건 나만의 비밀이니 절대 누구에게도 말하지 마. 알겠지?"

"네! 그럼요. 오늘 점심 얻어먹은 것도 말 안 할게요."

호검은 빙긋 웃으며 대답했다. 호검은 이 점심 식사로 맛있는 요리도 먹고, 학수의 요리에 대한 꽤 많은 정보를 알 수 있었다.

1시간 정도 사장실에서 점심을 먹은 호검은 학수에게 감사의 인사를 전하고 사장실에서 나왔다. 그는 바로 주방으로 가려다가 마음을 바꿔 식당 밖으로 향했다.

호검은 다른 주방 식구들에게 들키지 않으려고 살금살금 바깥으로 나갔고, 식당 근처 골목에서 휴대폰을 꺼내 수정에게 전화를 걸었다.

"여보세요. 수정아."

─어, 호검아. 지각은 안 했어?

"응, 덕분에."

─일은 어때?

"어제는 첫날이라 엄청 힘들었어. 선배가 그러는데 앞으로 한 달은 그럴 거래. 넌 별일 없어?"

─음, 너 없으니까 좀 힘드네. 넌 내일 쉬는 날이지?

"어."

─혹시 내일 시간 있어?

"나 내일 강 이사님 저녁 해드리러 가는 날이야. 이제 다른 날은 안 된다고 아예 수요일로 정해 버렸거든."

─그렇구나……. 그럼 할 수 없지. 나중에 한번 보자. 일 적
응 좀 되면 말이야.

"그래, 가끔 심심하면 전화해. 나도 그럴게."

─정말? 알았어. 호호.

수정은 좋아하며 전화를 끊었다. 호검도 수정을 생각하며
빙긋 웃었다.

*   *   *

이틀 후.

호검은 알람을 5분 간격으로 3번 맞춰놓아서 늦지 않고 출
근할 수 있었다. 그는 30분 일찍 출근해서 현우와 함께 채소
와 해물들을 정리해 놓았고, 다른 주방 식구들도 하나둘씩
출근해서 각자 자기가 맡은 일을 하기 시작했다.

"식사장님, 어제 튀김장님이랑 연습은 많이 하셨어요?"

현우가 식사장이 어제 연습을 한 사실을 알고 있는지 식사
장에게 물었다. 식사장과 튀김장은 서로 요리를 가르쳐 주기
로 한 모양이었다.

"아, 튀김 바삭하게 튀기는 것도 재주야. 딱 잘 익었을 때
꺼내는 것도 재주고. 난 튀김이 제일 어려운 거 같아."

식사장은 튀김 요리가 어렵다면서 어제 연습한 얘기를 늘어놓았다. 점심 타임 준비는 식사장의 끝없는 수다로 심심하지 않게 지나갔고, 식당 오픈 시간 10분 전이 되었다.

그런데 그때, 매니저인 예슬이 주방으로 들어오더니 말했다.

"여기, 주목해 주세요."

주방 식구들이 다들 예슬을 쳐다보았는데, 예슬의 뒤쪽에 웬 아주머니 한 분이 서 있었다.

"앞으로 점심 타임 설거지를 맡아주실 아주머니세요. 오늘부터 같이 일하시게 됐으니까 서로 인사들 하시고 잘 지내세요."

"안녕하세요. 임옥분입니다. 잘 부탁드려요."

아주머니는 쾌활하게 인사했다.

"안녕하세요."

"안녕하세요."

주방 식구들은 반갑게 아주머니에게 인사를 했고, 예슬은 아주머니에게 주방 내부 위치를 대충 설명하고 다시 나갔다.

"와, 빠르네. 벌써 뽑은 거야?"

예슬이 나가고 나자, 칼판장이 재석을 돌아보며 물었다. 그러자 재석이 멋쩍게 웃으며 대답했다.

"사장님이 빨리 뽑으라고 하셔서 일단 뽑았어요."

호검도 벌써 설거지할 아주머니를 뽑았다는 사실에 깜짝 놀랐다. 이로써 호검은 이틀 만에 설거지에서 탈출하고 다른 파트장들의 요리를 구경하거나 도울 수 있게 되었다. 물론 기본적으로는 현우의 일을 돕겠지만, 현우가 혼자 하던 일을 둘이 하게 되는 것이니 아무래도 여유가 생길 것이 분명했다.

'와, 감사하네. 이렇게 배려도 많이 해주시고. 정말 좋은 분 같아.'

호검이 이제 설거지가 아닌 요리에 조금이라도 참여할 수 있게 되어 기뻐하고 있는데, 예슬이 다시 주방으로 들어와서 재석을 찾았다.

"재석 씨, 얼른 와서 전화 좀 받아봐요. 급한 전화래요."

"네? 급한 전화요?"

재석이 놀라서 칼질을 하다가 얼른 손을 씻고 예슬을 따라 나갔다.

'무슨 일이지?'

호검과 현우가 서로를 바라보며 궁금한 표정을 지었다.

4. 정체가 뭐야!

잠시 후, 재석이 주방으로 돌아왔다. 그는 어두운 표정으로 조리복 단추를 풀며 부주방장 형일에게 다가와 말했다.

"저, 시골집에 계신 어머니께 사고가 좀 생겨서 오늘 조퇴해야 할 것 같습니다."

재석의 말에 호검을 포함한 주방 식구들이 걱정스러운 표정으로 모두 그를 쳐다보았고, 형일은 무뚝뚝한 말투로 대꾸했다.

"알았어. 근데 많이 안 좋으시대?"

"가봐야 정확히 알 수 있을 것 같아요. 그럼, 가보겠습니다."

"그래. 가봐. 아, 내일은?"

"잘 모르겠어요. 가보고 매니저님한테 연락드릴게요."

재석은 다른 주방 식구들에게 꾸벅 인사를 하더니 마음이 급한지 조리복을 벗으면서 주방을 나갔다. 재석이 나간 후 현우는 호검에게 속삭였다.

"그럼 재석이 형이 하던 이건 누가 하지?"

"그러게요."

재석은 주로 칼판장을 도와 칼질을 해왔었다. 그는 볶음 요리에 사용하는 채소들을 썰어서 재료 통에 담아놓는 일과 장식용 채소들을 만드는 일을 했다. 그리고 방금까지 그가 하던 작업은 장식용으로 사용할 오이를 잘라 모양을 만들어놓는 것이었다.

그때, 형일이 현우에게 말했다.

"현우야. 너 할 건 다 했지?"

"네."

"그럼 재석이가 하던 거 네가 해. 할 수 있지?"

"네! 할 수 있습니다!"

"거기 소금물에 담가놓은 당근도 네가 맡아."

"네!"

현우는 재빨리 대답하고 재석의 도마로 이동했다. 재석이 만들던 오이 장식은 오이를 얇게만 잘 썰면 만들기 쉬운 비교

적 간단한 작업이었다.

그리고 소금물에 담겨 있는 당근은 얇게 슬라이스한 당근
이었는데, 그것도 물기를 잘 닦아내고 겹쳐서 돌돌 말아 장미
모양을 만들면 되는 것으로 당근을 얇게 써는 것이 어려운 것
이지 모양을 만드는 건 그다지 어려운 작업은 아니었다.

그래도 현우는 처음 만들어보는 장식이라 조심스럽게 칼질
을 시작했다.

"막내! 여기 굴소스 별로 없다. 채워놔!"

"네!"

식사장이 자신이 사용하는 화구 옆에 놓인 재료 통 하나를
가리키며 호검에게 소리쳤다. 호검은 현우의 조심스러운 칼질
을 구경하다가 식사장의 부름에 얼른 대답하고 굴소스를 가
지러 달려갔다.

"고춧가루도!"

"네!"

호검이 재료 통을 채우고 있는데, 학수가 주방으로 들어왔
다. 학수는 주방을 휙 둘러보더니 형일에게 물었다.

"재석이가 안 보이네?"

"아, 재석이 어머님께 무슨 사고가 생겼나 봐요. 방금 조퇴
했습니다."

"그래서 재석이 하던 걸 현우가 하고 있나 보군. 알았어."

그런데 그때, 칼판장이 학수에게 다가오더니 살짝 걱정스러운 말투로 말했다.

"음, 오늘 특선이 춘빙인데 재석이가 없어서 꽤 힘들겠는데요."

춘빙은 전병에 춘장으로 볶은 고기와 여러 가지 생채소를 싸서 먹는 요리였다. 주문이 들어옴과 동시에 다양한 생채소를 채 썰어야 했기에 손이 많이 필요했는데, 특히 오늘의 특선 요리라서 주문은 끝도 없이 들어올 것이 자명했다.

칼판장의 걱정에 학수는 문제없다는 듯 호검을 가리켰다.

"저기 호검이 있잖아. 오늘부터 아주머니도 오셨으니까 호검이 시켜."

"막내를요?"

칼판장이 눈이 동그래져서 호검을 쳐다보았다. 다른 주방 식구들은 학수와 호검을 번갈아 쳐다보며 의아한 표정을 지었다. 특히 부주방장 형일은 미간을 한껏 찌푸리고 팔짱을 낀 채 삐딱하게 호검을 쳐다보고 있었다. 그도 그럴 것이 호검이 물론 학수의 입사 테스트를 통과하고 들어온 사람이라는 건 알고 있었지만, 실제로 그들은 호검의 특출 난 칼질을 아직 확인하지 못한 상태였다. 그리고 주방 사람들 생각으로는 호검이 나이도 어리고, 칼질을 잘해봤자 얼마나 잘할까 싶었다.

호검도 갑작스러운 학수의 말에 당황해서 스스로를 손가락으로 가리키며 되물었다.

"저요? 제가요?"

물론 이건 좋은 기회였다. 하지만 호검은 춘빙이 무슨 요리
인지조차 알지 못했다. 하지만 의아해하고 당황하는 주방 사
람들과는 달리 학수는 표정 하나 변하지 않고 태연하게 호검
에게 물었다.

"채 잘 썰 수 있지?"

사실 학수는 호검이 채 써는 건 본 적이 없었다. 학수는 호
검이 입사 테스트 때 파에 칼집을 내서 곱게 다지는 것만 보
았는데, 눈을 감고 그 정도 썰 실력이라면 당연히 채썰기도 잘
할 수 있을 거라 생각했다. 또한 이 기회에 어느 정도 실력인
지 확인도 해볼 겸 시켜보려는 것이었다.

"네, 채는 잘 썰 수 있는데……."

"봐. 잘 썰 수 있다잖아. 한번 시켜봐."

칼판장은 못 미더웠지만, 일단 학수가 그렇게 하라니까 호
검을 시켜보겠다고는 했다.

"얼른 이리 와. 곧 주문이 밀려들 테니까."

호검은 눈치를 보며 칼판장 바로 옆 도마로 다가갔다. 그러
고는 조심스럽게 칼판장에게 물었다.

"저, 근데 춘빙이 무슨 요리인가요?"

사실 지금 이 질문은 칼판장에게 호검이 더 못 미덥게 보이

게 했다. 하지만 칼판장은 그래도 차분히 설명을 해주려고 입을 열었다.

"춘빙이란 건 말이지,……."

칼판장이 설명을 하려는데, 첫 주문이 들어왔다.

"1번 테이블, 오늘의 특선 하나, 볶음밥 둘, 짬뽕 하나요! 5번 테이블, 간쇼새우, 유산슬, 자장 하나요!"

면판 보조인 용식이 주문서를 보고 외쳤다. 보통 이태리 레스토랑에서는 주문서를 헤드 셰프가 읽어주지만, 여기는 중간 직급 정도인 재석이나 용식이 담당했다. 용식은 주문서를 읽고 나자 바로 옆에서 짬뽕과 자장에 들어갈 면을 삶기 시작했다. 식사장은 볶음밥을 만들기에 들어갔고, 튀김장은 새우 튀기기, 면장은 춘빙에 필요한 전병을 만들려고 반죽을 꾹꾹 눌러 펴기 시작했다. 그리고 학수는 춘빙에 들어갈 볶음 재료를 볶았다.

칼판장도 호검에게 춘빙에 대해 설명해 주려다가 직접 요리를 완성해서 보여주면서 알려주기로 했다.

"일단 내가 하라는 거만 해. 완성된 요리 보면 알 테니까. 자, 이 당근, 피엔[片]한 다음에 쓰[絲]로 썰어."

"네? 뭐라고요?"

호검은 칼판장이 하는 말을 못 알아듣고 다시 물었다.

"피엔, 다음에 쓰로 썰라고. 쓰!"

"피……? 쓰로? 쓰?"

호검이 못 알아듣자, 학수가 웍을 돌리면서 뒤를 돌아보고 말했다.

"피엔은 종잇장처럼 얇게 썰라는 중국 말이야. 우리나라에서는 편으로 썰라는 거랑 같은 말이지. 그리고 쓰는 실처럼 가늘게 채를 썰라는 거고. 칼판장! 막내라 중국 요리 용어를 모를 테니까 한번 알려줘."

"아하……. 쓰……."

호검이 고개를 끄덕이며 다시 한번 되뇌었다. 칼판장은 학수의 지시니 직접 시범을 보여주면서 용어를 알려주기 시작했다.

"피엔은 얇게 편으로 써는 걸 말하는데, 재료를 눕혀서 손 앞쪽에서 끌어당기듯이 하여 저미는 걸 말해. 근데 아주 얇을 필요는 없으니까 그냥 이렇게 놓고 얇게 슬라이스로 썰면 돼."

칼판장은 당근을 편으로 써는 걸 직접 보여주면서 설명했다.

"그리고 쓰는 실처럼 가늘게 채 써는 거야. 이 피엔으로 썬 당근들을 조금씩 겹치게 놓고, 이렇게."

호검은 단지 중국 말을 모를 뿐이지, 채 써는 방법이야 누구보다도 잘 알고 있었다. 그는 고개를 끄덕이며 알겠다고 대답했다. 이어 칼판장은 가르쳐 주는 김에 다른 것도 한 번씩 말해 주었다.

"두안[段]은 이렇게 스틱처럼 길쭉한 토막으로 써는 걸 말하고, 딩[丁]은 정육면체 모양으로 자르는 건데, 보통 기본 크기가 1cm 정도로 자르면 되고, 5~7㎜인 것은 샤오딩[小丁], 2cm 이상인 것은 다딩[大丁]이라고 해. 모[末]는 잘게 다지는 거고. 콰이[塊]는 덩어리로 써는 건데 보통 2.5cm 정도 크기로 썰고, 가장 많이 쓰는 콰이는 링싱콰이[菱型塊]로, 마름모꼴로 써는 거야. 다이아몬드 모양 말이야."

칼판장은 시간도 없고 급하니 매우 빠른 속도로 다다다 설명을 했고, 호검은 집중해서 칼판장의 설명을 들었다.

"두안… 딩… 샤오딩, 다딩, 모… 콰이… 링싱콰이."

"자, 대충 이 정도로 하고 이제 이 재료들 다 쓰로 썰어봐. 어느 정도 써는지 봐야 일을 시켜도 될지 말지 결정하지. 길이는 6cm, 채의 두께는 2~3㎜. 이 당근부터 썰어봐."

"네!"

호검은 자신 있게 대답하며 칼판장에게서 당근을 받아 들었다. 호검은 먼저 당근을 6cm 길이로 토막을 낸 다음 편을 얇게 썰고 바로 채썰기에 들어갔다.

다른 주방 식구들 모두 자기 일을 하면서도 호검의 칼질 실력이 궁금한지 곁눈질로 그를 주시하고 있었다.

착착착착착.

이래 봬도 칼질의 달인인 호검이었다. 칼질 속도, 칼질의 정확성, 어느 하나 부족함이 없었다.

"뭐야, 이 자식! 완전 잘하네?"

칼판장이 호검의 칼 솜씨에 화들짝 놀라며 학수를 쳐다보았다. 칼판장의 표정은 학수가 호검의 실력을 알고 있었는지 눈으로 묻는 듯했다. 그러자 학수는 허허 웃으며 말했다.

"나도 처음 봐. 칼질 잘하네! 오늘 걱정 없겠어."

다른 주방 식구들도 입을 쩍 벌리고 호검의 칼 솜씨를 구경했다.

"아니, 쓰도 모르면서 칼질은 저렇게 잘하고, 춘빙도 모르는데 자장면은 잘 만들고⋯⋯. 중국집에서 일해본 거 같으면서도 아닌 거 같고⋯⋯. 도대체 정체가 뭐야, 쟤는?"

"신기하단 말이야, 정말."

"모르는 척하는 거 아냐? 허허허."

식사장이 농담조로 이렇게 말하자, 부주방장 형일은 번뜩 그의 말이 맞을지도 모른다는 생각이 들었다.

'저 자식 완전 프론데 숨기고 있는 거 아냐?'

형일은 점점 호검의 숨은 실력이 두려워지며 위기감까지 느껴졌다.

'이러다 쟤가 수제자가 되면, 그럼 나는? 낙동강 오리알 신

세 되는 거 아냐?'

형일은 불안한 마음에 요리에 집중을 못 하고 이런저런 딴 생각들을 하고 있었다. 그때, 학수가 얼른 형일의 웍을 빼앗아 불 위에서 치우며 소리쳤다.

"야, 뭐 해! 채소 다 탔잖아!"

형일이 딴생각을 하느라 채소를 너무 오래 계속 볶고 있었던 것이다.

"죄, 죄송합니다."

"불 쓰는데 조심 안 하면 얼마나 위험한지 알아, 몰라? 어디다 정신 팔고 있어! 정신 똑바로 안 차려? 그거 버리고 다시 만들어! 아니다, 밖에 나가서 바람 좀 쐬고 와. 내가 하고 있을 테니까."

"아, 네."

학수가 형일을 혼내니 순식간에 주방이 조용해졌다. 형일은 인상을 구긴 채 밖으로 나갔고, 칼판장은 호검에게 속삭이듯 말했다.

"내가 파랑 양파, 파프리카 썰 테니까, 넌 오이, 당근, 배 썰어. 썰어서 이 긴 접시에 담으면 돼. 이건 생채소로 그냥 나가는 거야."

볶음용으로 사용할 채소는 미리 썰어서 재료 통에 담아두고, 이렇게 생으로 바로 나가는 채소는 요리를 만들 때 바로 썰어서 나가기 때문에 빠르고 정확한 칼질은 필수였다. 그리고 볶음용은 모양이 조금 달라도 함께 볶아지면 티가 별로 나지 않지만, 생으로 나가는 채소는 담긴 모습이 바로 보이기 때문에 더 깨끗하고 균일하게 해야 했다.

그사이 계속해서 주문이 들어오고 있었고, 면장은 춘빙에 필요한 전병 반죽을 굽다가 현우를 불렀다.

"현우야! 다 했으면 이리 와. 이 전병 좀 만들어."

지금 면판 보조인 용식이 주문서 읽기와 면 삶기를 담당하고 있기 때문에 현우를 부른 것이다. 현우는 마침 장식을 거의 다 만들었기에 면장에게로 달려가려는데, 학수가 현우에게 큰 소리로 말했다.

"현우야, 내 춘장 좀 갖다 주고 갈래?"

원래 재석이 꺼내놨어야 하는 건데, 그가 급히 떠나느라 미처 춘장을 꺼내놓지 못했던 것이다.

'내 춘장?'

호검은 채를 썰다가 학수의 '내 춘장'이라는 말에 귀가 쫑긋했다. 그리고 냉장고로 달려가는 현우를 쳐다보았다. 호검이 보니 현우는 냉장고에서 꿀을 담는 큰 유리병에 담긴 까만 춘장을 꺼냈다.

'저건, 그냥 일반 춘장은 아닌 것 같은데? 천 셰프님이 따로 만드신 특수한 춘장인 건가?'

현우는 학수에게 춘장을 가져다주고 면장에게로 향했다. 호검은 지나가는 현우를 살짝 붙들고 물었다.

"형, 저 춘장, 그냥 일반 춘장 아니죠?"

"응. 천 셰프님이 만들어서 냉장고에 넣어두신 거야."

"어떻게 만드는지……?"

호검이 뭔가 더 질문을 하려 했지만, 현우는 면장에게로 가던 길이라서 급히 지나가 버렸다.

'특별한 레시피가 있는 거겠지? 자장면에 넣는 콩가루처럼 다른 사람들한테도 알려주시는 레시피일까? 맛은 어떨까?'

호검이 궁금해하고 있는데, 이번엔 어디선가 무언가를 탁탁 때리는 소리가 들려왔다.

계속 탁탁 소리가 들려오는데도 주방의 다른 사람들은 아무 관심도 보이지 않고 각자의 요리를 만들고 있었다. 호검이 이리저리 고개를 돌려보다가 면장이 마치 딱지치기를 하듯 뭔가를 도마에 후려치고 있는 것을 발견했다. 현우는 그 옆에서 눈을 동그랗게 뜨고 면장을 지켜보고 있었다.

'뭐 하시는 거지? 전병 만드신댔는데?'

호검이 칼질을 하다가 멈춘 채 몸을 틀어 면장을 쳐다보고 있자, 옆에서 칼판장이 호검을 쿡 찌르며 말했다.

"저거 처음 보는구나? 여기 우리가 채 썬 채소랑 천 셰프님이 만든 춘장고기볶음을 지금 면장이 만드는 전병에 싸 먹는 건데, 지금 전병 떼어내는 거야. 저렇게 바닥에 던지면 1개가 2개가 되거든."

"네? 하나가 두 개가 된다고요? 그게 말이 돼요?"

"하하하. 중국 요리는 신기한 게 많지. 오, 근데 벌써 거의 다 썰었네?"

"네."

착착착착착.

"다 됐어요!"

호검은 얼른 나머지 배를 재빨리 채 썰어서 긴 접시의 맨 끝에 놓았다. 호검이 궁금증을 참지 못하고 면장을 자꾸 쳐다보자, 칼판장이 피식 웃으며 말했다.

"얼른 가서 한 번만 구경하고 와. 빨리 잘 썰었으니까 특별히 20초 줄게. 고!"

"네! 감사합니다!"

호검이 후다닥 면장에게로 달려가서 현우 뒤에 섰다. 호검은 현우보다 키가 커서 현우 뒤에서도 면장이 전병 1개를 2개로 만들어내는 마술을 구경할 수 있었다.

"와! 근데 그거 어떻게 하시는 거예요?"

호검이 얼른 마술의 비법을 알아내려고 대뜸 물었다.

"궁금해?"

면장이 여전히 전병을 도마에 후려치면서 되물었다.

"네!"

"네!"

현우도 궁금한지 호검처럼 고개를 끄덕였다.

"이건 만드는 것부터 봐야 하는데. 현우 너도 이건 해본 적 없지?"

"네. 슬쩍 한번 보긴 했는데, 어떻게 하는지는 잘 몰라요."

"자, 일단 이건 다 됐다."

구워낸 전병들은 또따아 같은 모습이었다. 면장은 동그란 전병들을 반으로 접어서 접시에 가지런히 담아 완성 테이블에 가져다 놓았다. 그리고 본격적으로 반죽을 가져와서 설명을 하기 시작했다.

"자, 잘 봐. 이 반죽을 요 정도로 뜯어서 꾹 눌러줘. 이렇게 동글납작하게 되잖아? 그럼 한 면에만 참기름을 발라. 그다음에 그 위에 요 반죽 하나를 덮는 거지. 그리고 이 밀대로 지름이 한 15cm 정도 되게 밀어서 기름 없는 팬에 앞뒤로 잘 굽는 거야."

"아하."

"그럼 원래 전병 두 개를 붙여서 구우신 다음에 둘을 떼어내신 거군요?"

"맞아. 참기름을 사이에 발라서 구우면 굽는 동안 그 사이에 공기층이 생기고 던져서 충격을 주면 그 공기가 빠져나오면서 잘 떨어지게 되는 거지."

"와, 신기하네요."

호검과 현우는 둘 다 신기해하며 면장의 설명을 들었다.

"자, 이제 현우는 내가 방금 보여준 대로 이 반죽을 두 개 붙여서 밀대로 밀어서 날 주면 돼. 그럼 내가 구울 테니까."

면장의 말에 현우는 얼른 반죽을 잡았고, 호검은 다시 칼판 장에게로 돌아왔다. 그리고 그사이 학수는 춘장고기볶음을 완성해서 접시에 담았다. 호검은 완성 테이블에 올려진 학수 의 춘장고기볶음을 보니 저절로 군침이 돌았다.

'와, 보기엔 꼭 쟁반자장 같네. 맛있겠다!'

완성된 요리를 놓는 테이블에는 이제 곱게 채 썬 생채소와 반달 모양으로 겹쳐진 전병, 그리고 윤기 나는 춘장색의 고기 볶음이 놓여 있었다.

춘빙은 이렇게 밀가루로 반죽해 담백하게 구워낸 전병에, 다양한 생채소들과 춘장으로 볶아낸 고기를 함께 넣어 싸서 먹는 음식이었다. 호검은 아직 먹어보지 않아서 그 맛을 정확 히 알 수 없었지만, 보기만 해도 맛있어 보이는 조합이었다.

곧 홀 서빙 직원이 들어와서 춘빙을 가지고 나갔고, 그와 동시에 용식이 또 외쳤다.

"6번 테이블, 오늘의 특선, 아린 코스 둘! 9번 테이블 오늘의 특선, 아린 코스 셋이요!"

칼판장은 다시 채소를 채 썰기 시작했고, 호검에게도 썰 채소를 주었다. 호검은 채소를 썰면서 칼판장에게 물었다.

"근데, 저 춘장고기볶음에 들어가는 춘장은 천 셰프님이 만드신 거 맞죠?"

"맞아. 사장님이 개인 요리실에서 직접 만들어서 가지고 오셔."

"그럼 어떻게 만드는지 다른 분들은 모르시는 거예요?"

"어. 아무도 몰라. 부주도 모를걸, 아마?"

부주방장도 모른다는 말은 수제자여도 알려주지 않았을 비밀 레시피라는 말 같았다.

그때, 바람을 쐬러 나갔던 부주방장 형일이 다시 주방으로 들어왔다. 칼판장은 형일을 보더니 허허 웃으며 농담조로 말했다.

"부주도 양반은 못 되는구만. 허허. 근데, 호검이 넌 자장면을 그냥 먹어보고도 콩가루 들어간 걸 알았으니, 저 비밀 춘장 먹어보면 어떻게 만든 건지 알 수 있겠지?"

"아휴, 아니에요."

호검이 손사래를 치며 말했다. 그도 속으로는 혹시나 알 수도 있지 않을까 싶은 생각이 조금 있긴 했지만 정말 그럴지는 먹어봐야 아는 거고, 만약 그렇다고 하더라도 그 사실을 다른 사람들이 알게 할 수는 없었다.

형일은 다시 돌아오자마자 바로 학수 옆에 자리를 잡고 아린 코스에 들어가는 양장피를 만들기 시작했다. 점점 주문은 많아졌고, 다들 쉴 새 없이 각자의 임무를 해나갔다.

점심 타임이 무사히 끝나고 드디어 주방 식구들의 점심시간이 되었다.

"자, 다들 수고했어! 우리도 오늘 특식으로 춘빙이나 먹어볼까? 어때?"

학수가 주방 식구들에게 말했다.

"와! 좋아요!"

주방 식구들은 모두 오케이였다. 춘빙이라는 요리는 다른 데 가서 잘 먹어볼 수 없는 요리이기도 했고, 특히 학수의 특제 춘장소스로 만든 고기볶음을 넣은 춘빙은 어디서도 먹어볼 수 없는 요리였기 때문이다.

"아, 현우야, 오늘 고기 넉넉히 들어왔지? 저녁 타임에 부족하진 않겠어?"

"음, 잠시만요."

학수는 일단 현우에게 돼지고기 양을 확인했다.

"음, 춘빙용 돼지고기는 지금 절반 정도 남았어요. 근데 저녁 시간에는 아마 점심때보다 한 1.5배는 더 필요할 텐데……."

"어차피 그럼 추가 주문 해야겠네. 부주, 바로 고기 주문 넣어. 5시 전에 꼭 와야 한다고 하고."

"네, 알겠습니다."

부주는 홀로 전화를 하러 나갔고, 학수는 주방 식구들과 홀 직원들까지 다 먹을 수 있을 만큼의 고기를 볶기 시작했다.

"자, 내가 춘장고기볶음 만들 테니까, 칼판장이랑 면장은 알아서 생채소랑 전병 준비하고, 나머지 사람들은 칼판장이랑 면장 도와줘. 그래야 빨리 먹지. 홀 직원들이랑 총 한 20인분 하면 될 거야."

"네!"

칼판장은 다시 채소를 썰기 위해 칼을 들었고, 면장도 반죽을 분할하기 시작했다. 칼판장 옆에서는 호검이, 면장 옆에서는 현우와 용식이 그들을 도왔다. 호검의 칼 솜씨가 워낙 좋아서 기다란 접시 다섯 개가 채 썬 채소들로 순식간에 다 채워졌다.

"이야, 재석이도 잘하는데, 얘는 진짜 나보다 더 빠른 거 같아. 너 칼질 누구한테 배웠니? 스승이 누구야?"

"저 혼자 그냥 재밌어서 했어요."

"이게, 재밌어?"

칼판장은 신기해하며 물었다.

"네. 전 칼로 써는 모든 게 다 재밌어요. 이렇게 균일하게 잘린 거 보면 기분도 좋고요. 하하하."

"와. 난 사실 배운 게 이거라서 이거 하고 있는 건데. 역시 즐기면 이렇게 어린 나이에도 잘하게 되는 건가?"

그때, 용식이 밀대로 전병 반죽을 펴다가 끼어들어 말했다.

"호검아, 너도 거기 나가보지 그랬어? 그 왜, 작년에 요리쇼 하나 있었잖아. 올푸드 요리쇼인가? 아무튼, 거기서 칼질 대결 하는 거 했었어. 재석이가 가서 봤었는데, 자기가 아는 사람 둘이 1등, 2등 했다고 그러더라. 너 나갔으면 네가 1등 할 수 있었지 않았을까?"

호검은 용식의 말에 속으로 움찔했다. 그 재석이 아는 사람 이 바로 호검과 대영이니까 말이다.

"그러게. 내가 봐도 엄청 잘하는 거 같아. 올해 또 할 테니 까 한번 나가봐. 최소 3등 안에 들 거야."

식사장도 호검에게 다가와서 어깨를 두드리며 말했다.

사실 재석은 다른 주방 식구들에게 자신이 호검과 아는 사 이라는 것을 밝히지 않았다. 괜히 재석이 학수에게 소개한 것 이라는 오해를 받을 수도 있고, 여러 가지로 알리지 않는 것 이 더 나을 것이라는 판단에서였다. 그러니 호검은 여기서 그 대회에서 1등 한 사람이 자기라고 말하기도 애매했다.

"으음. 기회가 되면 나가봐도 좋겠네요."

호검은 일단 어색한 미소를 지으며 대답했다. 칼판장은 자신의 일이 끝났으니 의자에 앉아서 쉬었고, 호검은 춘장고기 볶음 만드는 걸 구경하려고 학수에게로 다가갔다.

그때, 면장이 전병을 혼자 굽다가 투덜대며 말했다.

"아, 사실 난 이거 굽는 게 체질에 안 맞아. 춘빙만 하면 이기 천천히 굽느라. 난 중식이 빨라서 좋았는데 말이야……. 아이쿠. 죄송합니다, 사장님."

면장이 혼잣말 비슷하게 중얼대다가 학수가 아직 주방에 같이 있다는 사실을 깨닫고 아차 싶었는지 바로 사과를 했다.

"허허허. 그럴 수 있죠."

전병은 센 불에 구우면 금방 다 타버리기 때문에 약한 불에서 천천히 앞뒤로 구워줘야 했다.

"아, 근데 손이 이렇게 많이 가지만, 춘빙이 진짜 맛은 있어요. 우리 사장님의 그 특제 춘장이 기가 막히잖아요?"

면장은 얼른 학수에 대한 칭찬으로 수습을 시도했다.

"맞아요. 정말 맛있죠."

"천 셰프님 춘빙이 최고죠!"

그러자 다른 주방 식구들도 동조해 주었다. 학수는 빙긋 웃고만 있었고, 면장은 학수의 눈치를 보다 갑자기 호검을 불렀다.

"호검아, 이거 좀 와서 구워볼래? 나 잠깐 화장실도 갔다 와야 하고……."

"네? 근데, 제가 그거 한 번도 안 해봤는데요."

"어차피 약불에 굽는 거라서 천천히 그냥 구우면 돼."

학수도 호검에게 얼른 가서 해보라는 눈짓을 했다. 호검은 일단 면장이 전병을 굽던 팬을 건네받았는데, 형일이 들어오다가 이 상황을 보고 얼른 호검이 든 팬을 빼앗으며 말했다.

"화장실 다녀와. 이건 내가 하고 있을게. 이런 걸 막내가 어떻게 해? 넌 저기 가서 쉬고 있어."

"아, 네."

부주방장이 이렇게 말하는데 면장도 굳이 호검을 시키겠다고 할 수 없었다. 호검도 부주방장의 말을 따라야 하기에 그냥 학수의 춘장고기볶음을 구경하러 다시 학수 곁으로 왔다. 마침 학수는 다시 처음부터 춘장고기볶음을 만들고 있었다.

'차라리 잘됐네. 이 춘장고기볶음 만드는 법을 처음부터 보는 게 낫지. 전병 굽는 거야 뭐 별 노하우가 있는 것도 아니고. 훗.'

학수는 먼저 전분과 달걀 물을 넣어 섞은 돼지고기를 기름에 튀기듯이 기름 양을 많이 해서 볶아주었다. 그리고 고기를 체에 밭쳐놓은 뒤 다시 웍에 기름을 두르고 다진 파, 마늘, 생강을 넣어 향을 낸 뒤 채 썬 표고버섯과 양파, 죽순을 넣고 재빨리 볶았다. 그런 다음 간장과 물을 부어 채소의 간을 맞췄다. 어느 정도 끓자, 처음에 볶아둔 돼지고기를 넣고 학수의 특제 춘장을 넣어 마구 볶아주니 윤기가 자르르 흐르는 춘장고기볶음이 완성되었다.

학수는 아무 말 없이 요리만 하더니 요리가 완성되자, 호검에게 물었다.

"만드는 법, 알겠어?"

"그냥, 대충요. 근데 그 특제 춘장은요……."

"이거? 이건 아무한테나 가르쳐 주는 게 아니지. 네가 수제자로 뽑히면 모를까."

학수가 낮은 목소리로 호검에게만 들리게 속삭였다.

"이 비법은 국내에서 나만 알고 있는 거야. 필살기 같은 거지. 뭐, 나한테 필살기가 몇 개 더 있긴 하지만. 훗."

학수는 싱긋 웃으며 마지막 만든 춘장고기볶음을 접시에 담아 테이블로 가져갔다.

"자, 다 됐네요. 부주, 전병은?"

"거의 다 되어갑니다."

부주방장과 면장이 나란히 서서 전병을 굽다가 동시에 고개를 돌리며 대답했다.

곧 전병이 다 완성되었고, 학수는 일부를 홀에 가져다주라고 시켰다.

그리고 다들 함께 춘빙을 먹기 시작했다. 호검은 처음 먹어보는 거라 다른 사람들이 하는 대로 따라서 했다.

먼저 전병을 접시에 깔고 그 위에 각종 생채소와 춘장고기볶음을 넣은 후 잘 싸서 한 입 크게 베어 먹었다.

우물우물.

"맛이 어때?"

식사장이 호검에게 물었다. 다른 주방 사람들은 다 한 번씩 먹어보았기 때문에 호검의 평이 궁금했던 것이다.

"와. 이거 전병이 진짜 쫄깃하네요! 참기름 향도 나는 것 같아요. 그리고 이 춘장고기볶음은 보기에는 자장면 같고, 똑같이 춘장으로 만들었는데 전혀 다른 맛이네요! 역시 뭔가 사장님의 특제 춘장이 이 춘빙의 중요한 포인트인가 봐요. 아삭한 생채소랑 춘장고기볶음이 되게 잘 어울려요, 또, 이 배를 넣어서 먹으니까 달달하고, 정말 기가 막혀요."

호검은 칭찬을 마구 쏟아냈다. 호검의 칭찬에 학수도, 면장도 활짝 웃었다. 칭찬은 누구든 춤추게 하니까.

호검은 너무 맛있다는 표정을 한껏 지으면서 춘장고기볶음으로 젓가락을 가져갔다. 그리고 이번엔 전병에 싸 먹지 않고 춘장고기볶음만 따로 먹어보았다.

"음……."

호검이 맛을 음미하다가 갑자기 눈을 동그랗게 뜨더니 학수를 쳐다보았다.

"여기 새……"

호검이 학수에게 뭔가를 말하려다가 멈칫했다. 학수는 미간에 힘이 들어간 채 호검을 뚫어져라 보고 있었다.

"으음, 아니에요. 음… 새로운 맛이에요. 처음 먹어봐요, 이런 맛! 이거만 밥반찬으로 먹어도 엄청 맛있겠어요. 아하하하……. 너무 맛있으니까 막 웃음이 절로 나오네요. 하하하."

호검이 학수에게 무심코 하려던 말은 새우가 들어갔냐는 질문이었다.

그런데 순간, 정말 호검의 말이 맞는다면 괜히 비법 중 하나를 공개하게 되는 것이 아닐까 하는 생각이 들어서 말을 멈춘 것이다. 호검은 질문 대신 다시 춘장고기볶음을 한 젓가락 더 집어 입에 넣었다.

'이거 새우 맛이 나는데, 이 재료들에는 새우가 안 들어갔으니 분명 사장님의 특제 춘장에 들어간 걸 거야.'

다시 한번 먹어보니 호검은 확신이 생겼다.

'조리하기 전 춘장을 먹어보면 더 잘 알 수 있을 텐데……. 이따가 좀 먹어보겠다고 할까. 나중에 따로 맛 좀 보여달라고 하는 게 낫겠지? 천 셰프님 바로 옆에 부주가 있어서 눈치도 보이고. 흠……. 에이, 언젠가 한 번은 먹어볼 수 있겠지.'

호검은 이제 원래 춘빙을 먹는 방법으로 전병에 춘장고기볶음과 채소를 넣어 싸서 먹기 시작했다. 현우도 신나게 전병을 싸 먹다가 갑자기 학수에게 물었다.

"사장님, 오늘의 특선은 언제 언제 하는 거예요?"

현우가 〈아린〉에 들어온 지 한 달 정도 되었는데 그동안 오늘의 특선은 이번까지 세 번 있었다. 그가 들어온 지 1주 만에 한 번, 그 후 2주 있다가 한 번, 그리고 오늘이 세 번째였기에 '오늘의 특선' 주기가 어떻게 되는지 궁금했던 것이다.

"그냥 내가 하고 싶으면 일주일에 한 번 하기도 하고, 하기 싫으면 한 달에 한 번 하기도 하지. 하하."

"아하. 그럼 매번 메뉴가 다른 거죠?"

"거의. 보통은 손이 많이 가서 그냥 메뉴판에 적어놓고 팔기 힘든 요리들로 메뉴를 선정해. 가끔씩 이벤트성으로 손님들에게 맛을 보여주는 거랄까? 근데 이번에 춘빙을 또 한 건 저번에 했을 때 반응이 굉장히 좋아서 한 번 더 한 거야. 뭐, 이렇게 반응 좋으면 반복해서 하기도 해."

이때, 면장인 이한민이 조심스럽게 입을 열었다.

"솔직히 전 한 달에 한 번만 했으면 좋겠어요. 할 때마다 너무 힘들어요, 사장님."

"에이, 저번이랑 이번이 춘빙이라서 그렇지, 너?"

면판 보조인 용식이 피식 웃으며 한민에게 말했다. 면장인 한민과 면판 보조인 용식은 31살로 동갑이었다. 그래서 둘은 서로 반말을 하면서 친구처럼 지내고 있었다.

"야, 춘빙 아니라도 오늘의 특선이 보통 손이 많이 가는 것들이 많으니까 그렇지. 안 그래요, 칼판장님?"

"뭐, 그래도 난 가끔 하니까 재밌던데? 하하하."

칼판장은 괜히 한민을 놀리듯 그의 의견에 동조해 주지 않았다. 한민은 입을 삐죽거렸고, 이에 옆에 있던 식사장도 끼어들어 한마디 했다.

"그래도 그 덕에 새로운 요리 하나씩 배우는 거 아냐. 얼마나 좋아? 다른 데서는 이런 새로운 것들 안 가르쳐 준다, 너?"

"그거야 그렇지만……."

"너 그래서 이 전병을 이렇게 잘 만드는 거 아냐."

"아하하하. 그래요?"

한민은 전병을 잘 만든다는 말에 금방 기분 좋아 했다. 학수는 그런 한민이 재밌어서 또 한 번 놀리려고 입을 열었다.

"우리 다음 특선은, 수타면이나 도삭면, 아니면 장수면 이런 거 할까?"

수타면은 손으로 면발을 늘리기를 반복해서 직접 면을 뽑아내는 것이고, 도삭면은 반죽을 칼로 베어내서 면을 만드는 것, 그리고 장수면은 반죽을 끊어지지 않게 늘여서 한 가닥의 긴 면을 만드는 것이었다. 그러니 이것들은 모두 거의 면장이 다 만들어야 하는 음식들이었다.

"으아악! 사장님! 안 돼요. 저 죽어요!"

"춘빙은 양반이네. 그것들에 비하면. 하하하."

식사장이 웃으며 말했고, 다른 주방 식구들도 한민 놀리기가 재밌는지 다들 크게 웃었다.

점심시간이 끝나고 저녁 시간에는 새로운 아주머니가 와서 저녁 설거지를 담당해 주었고, 호검은 저녁에도 계속 칼판장을 도와 칼질을 했다.

이렇게 채썰기를 하루 종일 하는 것은 호검이 칼질을 거의 맨 처음에 연습할 때 무 채썰기를 한 이후로 거의 처음이었다. 이태리 요리 학원에서는 칼질을 많이 할 일이 별로 없었으니 말이다.

오랜만에 채썰기를 하니 호검은 신이 나서 더 빨리 칼을 움직였다.

'이게 얼마 만에 신나게 해보는 칼질이야!'

착착착착착.

타다다다다닥.

칼판장은 연신 웃으며 칼질을 하는 호검을 보며 신기해했다.

"이놈 참 신기한 놈이네. 지칠 법도 한데 말이야. 하긴 오늘 하루 하니까 그렇겠지. 이걸 맨날 해봐라. 웃음이 나오나."

그러자 면장이 칼판장에게 소리쳤다.

"형님 하기 힘들 때 호검이 시키면 되겠네요. 저렇게 신나서 하는데. 하하."

"오, 좋은 생각인데? 너 채썰기 말고 다른 것도 다 잘할 수 있지? 피엔이라든지, 링싱콰이라든지……. 아, 아침에 말해줬는데 기억 못 하려나? 하긴, 한번 슬쩍 얘기해서 기억하는 게 비정상일 거야. 그러니까, 피엔은……."

"이거요?"

호검이 당근을 썰려다가 직육면체 모양으로 만들어 눕혔다. 왼손으로 당근 위를 살짝 누른 상태에서 오른손에 든 중식도를 눕혀서 당근을 얇게 저미며 썰었다. 호검이 얼마나 당근을 얇게 저몄던지 당근이 투명해 보일 정도였다. 그러자 칼판장은 호검이 자른 종잇장처럼 얇은 당근을 흔들어보며 말했다.

"오, 맞아. 바로 이거야! 엄청 얇게도 저몄네! 그럼 링싱콰이도 기억나?"

"마름모꼴로 자르는 거 아니에요?"

"와, 너 기억력도 좋구나?"

"아까 칼판장님이 설명을 너무 잘해주셔서 기억이 다 나네요."

호검은 일부러 칼판장을 띄워주었고, 칼판장은 호검의 칭찬에 호탕하게 웃으며 좋아했다.

"아하하하. 그런가? 아무튼 나중에 시켜봐야지. 좋아, 아주 좋아."

호검은 이날 9시 마지막 주문이 끝날 때까지 계속해서 채 썰기를 했다.

현우도 면장을 도와 하루 종일 전병 만들기를 했는데, 일이 모두 끝나자 팔을 축 늘어뜨리고 앞뒤로 흔들며 진담 반 농담 반으로 말했다.

"와, 이거 밀대 미는 거도 엄청 팔 아프네요. 팔 빠질 거 같 아요."

현우의 긴팔원숭이 같은 모션에 학수는 피식 웃으며 그의 어깨를 두드렸다.

"수고했어. 아, 이제 오늘의 특선 요리로 춘빙은 자제해야겠 군. 내 특제 춘장도 딱 떨어졌고 말이야. 어이, 막내!"

갑자기 학수가 호검을 불렀다.

"네!"

호검이 잽싸게 학수에게 다가갔고, 학수는 빈 유리병을 호 검에게 건넸다.

"이건 네가 씻어서 냉장고에 다시 넣어둬. 유리병은 나중에 또 써야 하거든. 유리라서 깨지면 안 되니까 조심해서 씻어. 자, 그럼 난 먼저 가볼 테니, 정리들 잘하고 가."

호검은 뜻밖의 기회에 환하게 웃었다.

사실 학수가 건넨 빈 유리병은 보통 유리병이 아니었다. 그건 학수의 특제 춘장이 묻어 있는 빈 유리병이었다. 학수가 설거지를 부탁했으니 호검은 자연스럽게 이 유리병에 묻은 춘장을 맛볼 수 있는 것이다.

"네, 깨끗이 씻어놓겠습니다!"

5. 정체가 뭐야!!

학수가 주방에서 나가자마자, 부주방장 형일도 오늘 피곤하다며 나머지 정리를 다른 주방 식구들에게 맡기고 곧장 퇴근을 해버렸다.

부주방장이 먼저 가자, 튀김장이 기다렸다는 듯이 호검에게 말했다.

"새로 아주머니도 오셨고, 호검이도 신입 축하 파티 안 했으니까 오늘 파티 할까? 부주도 먼저 갔고 말이야."

"정말요? 감사합니다!"

호검이 꾸벅 인사를 했고, 현우는 호검보다 더 신이 나서 말했다.

"와, 좋아요! 그럼 찹쌀탕수육 해주시는 거죠?"

"근데 너 젓가락 들 힘은 있어?"

용식이 방금 현우가 했던 것처럼 팔을 축 늘어뜨리고 흔들며 물었다.

"그럴 힘은 있죠! 튀김장님 찹쌀탕수육이 얼마나 맛있는데요! 맛있는 건 아픈 팔도 젓가락을 들게 한다고요!"

"하하하. 난 오늘 춘빙 요리가 많이 나가서 여유가 좀 있었으니까, 고생한 여러분을 위해, 그리고 신입 호검이를 위해 찹쌀탕수육을 서비스하도록 하겠습니다! 자, 내 자리 빼고 다른데는 우선 정리해 주세요, 그럼."

다른 주방 식구들은 각자 맡은 곳을 정리하기 시작했고, 호검은 학수가 준 빈 유리병을 들고 마무리 중인 저녁 설거지 담당 아주머니 옆으로 갔다. 그러자 아주머니는 호검에게 손을 내밀었다.

"내가 해줄게. 줘."

"아, 아닙니다. 이건 따로 저한테 시키신 거라 제가 해야 해요."

"뭐, 그럼. 난 여기만 정리하고 갈게."

주방 아주머니는 바쁘다며 접시와 그릇들만 정리하고 가버렸고, 호검은 빈 유리병 뚜껑을 열었다.

'오, 안에 꽤 많이 묻어 있는데? 흐흐.'

숟가락이 잘 닿지 않는 유리병의 구석에는 춘장이 꽤 많이 묻어 있어서, 호검은 충분히 춘장 맛을 볼 수 있었다. 그는 씻기에 앞서 일단 손가락을 집어넣어 춘장을 찍어 먹어보았다.

'오! 음! 아!'

두세 번 맛을 본 호검은 뭔가 다 알았다는 듯한 의미심장한 웃음을 지었고, 유리병을 씻기 시작했다.

잠시 후 주방이 대충 정리되자, 튀김장은 찹쌀탕수육을 튀기기 시작했다. 보통은 칼판장이나 식사장, 면장들은 하루 종일 피곤했으니 이럴 때 쉬고 있는데, 오늘은 다들 튀김장 곁에서 그가 튀김을 만드는 모습을 지켜보고 있었다. 당연히 용식, 현우, 호검도 구경하고 있었다.

"뭐야, 다들 부담스럽게."

튀김장이 찹쌀 반죽을 묻힌 돼지고기 등심을 기름에 넣다가 자신의 뒤에 몰려와서 구경하는 다른 주방 식구들을 힐끗 쳐다보았다.

"부담스러워도 할 수 없어. 수제자 선발전이 다음 달이라잖아. 그리고 튀김장은 튀김 요리는 잘할 거 아냐. 이미 어드밴티지 적용받아 놨으니 이 정도 부담은 이겨내셔야지!"

식사장이 웃으며 말했다.

"좋아요, 그럼 다른 사람들 할 때 나도 구경해야지. 아! 우리 상부상조하는 게 어때요?"

"뭘?"

"앞으로 한 사람씩 자기만의 특별한 노하우 가르쳐 주기! 어때요? 물론 파트장들만!"

파트장들은 다들 중국 요리 경력이 꽤 되는 사람들이었지만, 각자의 파트가 있어서 다른 사람들의 요리 노하우는 자세히 알지 못했다. 각자의 파트 일을 하느라 다른 사람들 요리를 구경할 새도 별로 없었고 말이다.

튀김장의 제안에 면장이 대뜸 끼어들어 말했다.

"에이, 전 뭐 가르쳐 드릴 게 없어요. 테스트에 딤섬이라든가, 면 요리는 없잖아요?"

"그래도 알아두면 다 응용할 수도 있는 거잖아. 아무튼, 돌아가면서 가르쳐 주자고. 페어플레이 정신으로다가!"

"저희는 무조건 찬성이요. 흐흐흐."

당연히 호검과 현우, 용식은 대찬성이었다.

"음, 시간 될 때마다 돌아가면서 그래볼까, 그럼?"

식사장도 긍정적인 반응을 보였고, 다른 파트장들도 서로 배우는 것이 괜찮다고 느꼈는지 고개를 끄덕였다. 만약 수제자 선발전에서 탈락하더라도 다른 파트장들의 노하우를 알 수 있으니 서로 가르쳐 주는 건 당연히 서로에게 이득이었다.

"그럼, 바삭한 찹쌀탕수육 튀기는 비법이나 하나 공개해 봐."

식사장이 먼저 튀김장에게 말했다.

"사실 제 모든 동작이 비법인데……. 하하하."

"그니까 다 알려줘 봐."

"일단 튀김을 넣을 때 기름 가까이에서 넣어야 안 튀는 건 아시죠? 전 사실 바삭한 튀김을 만드는 데 두 번 튀기는 방법만 썼었는데요. 천 셰프님은 반죽에 기름을 넣어서 하신다고, 그럼 더 바삭해진다고 그러시더라고요. 그래서 지금은 그 방법 써요."

"찹쌀 반죽에는 그럼 찹쌀가루와 물, 기름만 들어가나요?"

현우가 기회는 이때다 싶었는지 얼른 질문을 던졌다.

"전분도 조금 들어가. 자, 다 됐다. 이거 소스 없이 그냥 맛 한번 봐. 다들."

튀김장이 한번 튀긴 돼지고기를 체로 건져 접시에 담아주었다.

곧바로 용식이 먼저 손을 뻗는데, 튀김장이 갑자기 용식의 손을 막더니 말했다.

"아, 잠깐. 뜨거우니까 조심해. 그냥 확 먹다가 입천장 다 까져. 아니다. 일단 여기 내가 기름에 돼지고기 넣는 거 한번 잘 봐. 그러는 동안 식을 테니까."

용식은 손을 멈추고 군침을 꼴깍 삼켰다.

"이게 젓가락으로 튀겨서는 안 돼. 손으로 조물조물해서 찹쌀 반죽을 잘 묻힌 다음에 요렇게 기름에 가까이 대고 살포시 집어넣는 거지. 조심스럽고, 빠르게! 내가 다른 데서는 두안으로 잘라서 튀김을 했었는데, 여기서는 한 7㎜ 두께로 좀 얇고 넓게 손바닥 크기로 만들더라고. 근데 이게 더 식감도 좋은 것 같고, 얇으니까 고기도 더 부드러워서 맛있어."

튀김장은 순식간에 기름에 돼지고기를 넣은 다음 이제 튀긴 고기를 맛보라고 했다. 구경하던 주방 식구들은 얼른 돼지고기 튀김을 집어 한 입 베어 물었다. 호검도 기대하며 얼른 입에 튀긴 고기를 집어넣었다.

'와, 이거 저번에 정국이랑 수정이랑 시켜 먹었던 찹쌀탕수육이랑은 차원이 다른데? 고기 잡내도 안 나고.'

돼지고기는 부드럽고, 겉면은 바삭했는데, 또 고기와 반죽이 만나는 면은 찹쌀떡처럼 쫄깃했다.

"맛있지?"

현우가 호검을 툭 치며 물었다.

"네. 다른 중국음식점에서 먹어봤던 거랑은 차원이 다르네요. 근데, 튀김장님! 이거 고기는 어떻게 양념하신 거예요?"

"아, 그거. 청주 넣은 거야."

"다른 거는요?"

"소금, 후추로 간한 거지. 그게 다야."

"아, 그래요?"

호검은 튀김장의 말에 뭔가 이상하다는 듯 고개를 살짝 갸웃거렸다.

"왜? 뭐 더 들어간 거 같아?"

튀김장이 호검에게 물었다.

"아, 아니에요. 그냥 궁금해서 여쭤본 거예요."

"하나 더 들어간 게 있긴 한데, 너희들 셋 중에서 이거 맞히는 사람한테 내가 빠스옥수수 만드는 법 알려준다!"

튀김장이 실실 웃으며 제안했다.

빠스옥수수는 옥수수로 완자를 만들어서 튀긴 다음 겉에 설탕 시럽을 묻힌 디저트 같은 요리였는데, 여기서 빠스란 실을 뽑는다는 뜻으로 튀긴 옥수수 완자에 설탕 시럽을 가는 실처럼 겉에 입혀 만든 요리이기 때문에 붙여진 이름이었다.

"에이, 형, 그런 게 어딨어요! 우린 왜 안 알려주는데~"

칼판장이 튀김장에게 투덜대듯 말했다. 이 빠스옥수수는 〈아린〉에서 판매하는 것이 아니라서 다른 파트장들도 튀김장이 만드는 것을 본 적이 없었다.

"아, 잠깐만. 이 찹쌀탕수육 좀 일단 건지고."

튀김장이 얼른 찹쌀 반죽을 입힌 돼지고기 튀김을 기름에서 건져 올리더니 이어 말했다.

"이거 중식조리사 실기에 나오는 요리잖아. 애들은 중식조리사 자격증 없을 거니까 모를 거고, 넌 중식조리사 자격증

있을 거 아냐?"

튀김장은 중식조리사 자격증이 있었다.

"난 있어. 그래도 궁금해. 튀김장만의 비법이 있을 거 아냐?"

식사장이 대꾸했다. 그런데 면장과 칼판장은 조리사 자격증이 없다고 고개를 저었다.

"저랑 면장은 없어요. 우리 사장님이 실력으로 뽑잖아요. 난 그냥 중국집에서 일하다 여기까지 온 거거든요."

"저도 수타만 배워서 자장면집 하려다가 여기 온 거라 자격증은 안 땄는데요? 좀 따볼까도 했었지만, 뭐, 여기서 일하기도 바빠서…… 필기 준비가 어렵더라고요."

"와, 우리 사장님 진짜 실력으로 뽑으시네. 하긴 나도 자격증에 '자' 자도 안 물어보시더라. 그럼, 이 세 명 중 한 사람이라도 맞히면 모두에게 알려 드리죠. 자, 그럼, 돼지고기에 뭘 더 넣었을까?"

튀김장은 다시 용식, 형우, 호검을 차례로 돌아보며 물었다.

"잘 찍어! 파이팅! 니들한테 빠스옥수수가 달렸다. 그거 만드는 법도 만드는 법이지만 맛있어! 알지?"

면장이 용식, 현우, 호검을 보며 당부했다. 옆에서 칼판장과 식사장도 기대하는 표정으로 셋을 쳐다보았고, 반면 용식과 현우는 생각을 하느라 인상을 푹 쓰고 있었다.

"자, 한 명씩 딱 한 번만 대답할 수 있어. 먼저, 용식이!"

"음, 마, 마늘?"

"야, 마늘 맛이면 대번에 느끼지. 땡! 다음, 현우!"

"어… 우유?"

"오, 괜찮게 찍었는데? 땡."

이제 기회는 호검에게만 남았다. 다들 호검을 간절한 눈빛으로 쳐다보고 있었다. 튀김장은 혹시라도 다른 파트장들이 알려줄까 봐 호검을 쳐다보기보다 파트장들을 지켜보고 있었다.

"이제 호검이한테 빠스옥수수가 달렸네? 자, 맞혀봐."

호검은 안 그래도 약하지만 무슨 향이 나는 것 같았기에 아까 튀김장이 돼지고기에 들어간 게 소금, 후추, 청주가 다라고 해서 조금 의아했었다. 그는 조심스럽게 아까 느낀 향을 말했다.

"생강… 아닌가요?"

호검의 대답에 일순간 모든 사람들이 조용해졌다. 용식과 현우는 답을 모르니 튀김장의 눈치를 스윽 보았고, 호검은 이어 말했다.

"근데 입자가 느껴지지 않고, 향이 아주 미미한 걸로 봐서는 청주에 우리거나 했을 것 같은데……."

호검의 설명에 식사장이 갑자기 환호를 터뜨렸다.

"와우! 답 나왔네! 쟤가 지금 말하는 게 생강술이잖아! 답이 생강술 맞지, 튀김장?"

"그냥 생강을 맞힌 것도 아니고 생강술인 것까지 알아내다니! 대단한 녀석인데?"

튀김장도 화들짝 놀랐고, 칼판장과 면장도 혀를 내둘렀다. 용식과 현우는 빠스옥수수를 배울 수 있다는 생각에 신이 나서 폴짝거리며 호검을 부둥켜안았다.

"아싸! 좋았어!"

결국 튀김장은 찹쌀탕수육와 소스까지 만든 후, 곧바로 빠스옥수수 만드는 법을 알려주었다.

"자, 이렇게 체에 밭쳐 통조림 옥수수 물기를 뺀 다음에 곱게 다지고, 이 땅콩은 적당히 씹히는 맛이 나도록 다져. 다지는 건 현우랑 호검이가 맡아서 해."

"네!"

현우와 호검은 재빨리 옥수수와 땅콩을 다졌다.

"여기에 달걀노른자와 밀가루를 적당히 넣어서 이 다진 옥수수와 땅콩을 버무려."

튀김장은 손으로 슥슥 옥수수와 땅콩을 섞었다.

"튀김은 전부 이렇게 반죽을 입혀서 손으로 넣어야지, 젓가락으로 넣어선 시간도 오래 걸리고, 튀김옷 조절도 안 돼. 뭐, 이 빠스야 튀김옷 조절보다는 모양을 만들어야 하니까 손을 쓰는 거지만. 자, 잘 봐, 이제······."

튀김장은 옥수수 반죽을 오른손으로 쥐고는 엄지와 검지를 동그랗게 링 모양을 만들어서 그 사이로 반죽이 나오게 했다. 그리고 어느 정도 크기로 반죽이 튀어나오자 왼손으로 재빨리 끊어 곧바로 튀김 기름 속으로 퐁당 떨어뜨렸다.

"오, 이게 기술이군요!"

튀김장은 고개를 끄덕이며 순식간에 모든 옥수수 반죽을 완자로 만들어 기름에 투하했다.

퐁당. 퐁당. 퐁당.

지글지글 소리를 내며 옥수수 완자들은 맛있게 튀겨지기 시작했고, 튀김장이 다시 입을 열었다.

"참, 이거 저으면 안 돼. 가만히 두면 다 익어서 동동 떠올라. 기름에서 떠오르면 다 된 거긴 한데, 눈으로 봐서 황금빛을 띠면 건지면 돼."

잠시 후 튀김장은 옥수수 완자를 기름에서 건져냈고, 바로 옆 웍에다가 설탕을 넣었다. 설탕이 녹자 옥수수 완자를 넣어 완자에 설탕 코팅을 끈적하게 골고루 입힌 후 접시에 담았다. 그리고 남은 끈적하게 캐러멜화된 설탕을 그릇에 담더니 포크를 가져왔다.

"자, 이게 빠스야."

그는 포크로 캐러멜화된 설탕을 푹 찍어 올리더니 옥수수 완자 위에서 손으로 엿을 뽑아내듯이 캐러멜화된 설탕을 쭉쭉 잡아 뽑았다. 그러자 실엿 같은 설탕이 옥수수 완자 위에 살포시 자리 잡았다.

"오와!"

평범해 보였던 옥수수 완자는 이렇게 반짝반짝 빛나는 황금빛 실들을 입히자 굉장히 고급스러워 보였다.

"오호. 진짜 황금 뿌려놓은 것 같네. 이것도 기술이구만?"

"이거 다른 빠스에 다 응용 가능한 거잖아요? 그쵸?"

식사장과 면장이 연달아 물었다.

"당근이죠. 고구마 빠스, 바나나 빠스, 고기완자 빠스에도 쓰고, 뭐 다양하죠. 자, 이제 좀 한잔합시다. 다 가르쳐 드렸으니! 얘들아, 맥주랑 고량주 가져와라. 냉장고에 뭐 먹을 거 있으면 가져오고."

"네!"

주방 식구들은 함께 식사를 하는 주방 한쪽의 테이블에 둘러앉아 신입 축하 파티를 시작했다.

"사장님이 신입 뽑는 데 그렇게 공을 들이시더니 이번에 뽑힌 신입들은 오래갈 것 같아서 아주 만족스러워. 현우도 그렇고 호검이도 그렇고 말이야. 아주 자꾸 막내가 바뀌니까 다들 피곤했거든."

"네! 열심히 하겠습니다."

현우와 호검이 동시에 한목소리로 대답했다.

"내 이 찹쌀탕수육 대접을 받았으면 최소 3개월은 그만 못 두는 거야. 알겠지? 이게 3개월 치야. 아, 이 빠스옥수수도 알려줬으니 1개월 추가해야 하나? 하하하."

"먹는데 왜 애들 압박은 하고 그래. 네가 잘해주면 애들도 좋아서 있겠지. 하하."

"제가 애들한테 얼마나 잘해줘요? 이렇게 맛있는 거도 해주는데!"

"그래그래. 앞으로도 계속 그래. 자, 건배하자고! 호검이의 아린 입성을 축하한다! 건배!"

"건배!"

건배 이후로도 튀김장은 식사장과 티격태격하며 고량주를 마셨고, 다른 사람들은 맥주를 마셨다. 〈아린〉의 찹쌀탕수육 소스는 일반적인 탕수육 소스와 비슷했지만, 설탕과 식초가 덜 들어가서 적당히 담백한 맛이었다. 찹쌀탕수육은 말할 것도 없이 맛있었고, 빠스옥수수는 맥주 안주로 정말 딱이었다.

"와, 이거 겉의 설탕 바삭하고 달콤하고, 안의 옥수수는 부드럽고, 땅콩은 고소하면서 씹는 맛도 있고. 진짜 맛있어요!"

"맞아요! 이거 아린에서 팔면 좋겠어요."

현우는 특히 연신 칭찬을 해댔고, 호검도 맞장구를 쳤다.

"그래? 아, 안 돼. 내 일이 늘어나. 큭."

튀김장은 칭찬에 만족스러워했지만, 메뉴에 추가되면 자기가 고생이기 때문에 손사래를 쳤다. 그 모습에 식사장은 웃음을 터뜨렸고, 장난스럽게 건의를 해봐야겠다고 튀김장을 놀려댔다.

화기애애한 분위기 속에 호검의 축하 파티는 잘 마무리되었고, 호검은 12시가 넘어서야 집으로 돌아왔다.

호검이 집에 오자 정국이 방문을 열어두고 자고 있었다. 호검은 살금살금 가서 정국의 방문을 닫은 후 얼른 씻고 나와 주방 불을 켰다. 그리고 냉장고를 뒤졌다.

"여기 있다! 생강!"

그는 밤이 늦었지만, 찹쌀탕수육 만들기 실습을 해보려는 것이었다. 그래서 그는 일부러 튀김장에게 부탁해 탕수육용 돼지고기를 조금 얻어 온 참이었다.

호검은 청주와 간장, 그리고 후추도 꺼냈다.

그는 얼른 청주에 생강을 우려내기 시작했다. 그리고 생강술이 만들어지는 동안 돼지고기 전체를 다 밑간을 하려다가 문득 뭔가 다른 방법도 있지 않을까 하는 생각이 들었다. 그런 생각이 들자, 호검은 곧장 방으로 들어가서 서랍에 들어 있던 요리사의 돌을 집어 들었다.

그런데 요리사의 돌을 집자마자 그의 눈앞에 웬 양피지 하나가 둥둥 떠 있는 것이 보였다.

"엇. 이게 뭐야?"

호검이 손을 휘휘 저어보니 양피지는 마치 홀로그램처럼 손에 잡히지 않았다.

"나한테만 보이는 건가? 이태리 요리 마스터?"

양피지에는 이태리 요리 마스터라고 쓰여 있었다. 그리고 점차 글자가 사라지더니 그동안 그가 배운 이태리 요리와 응용해서 만든 요리들이 레시피와 함께 파노라마처럼 양피지 안에 펼쳐졌다. 그가 만들었던 요리들이 순식간에 지나가는데 그의 머릿속에서는 마치 이쪽저쪽에 제멋대로 펼쳐져 있던 요리 레시피들이 한데 모아져 하나의 요리책으로 정리가 되는 기분이 들었다.

"그래, 내가 지금까지 이렇게 많은 이태리 요리들을 했었지. 근데, 그럼 내가 이제 이태리 요리를 마스터했다는 뜻인가?"

그리고 잠시 후 양피지는 환한 빛과 함께 사라졌다. 마치 맨 처음 요리사의 돌에서 빛이 났다가 사라진 것처럼.

양피지가 사라지고 나자 호검은 갑자기 머리가 맑아지면서 그 어느 때보다 상쾌한 기분이 들었다. 그리고 그가 한 번이라도 먹어봤다거나 경험했던 이태리 요리를 떠올리면 곧바로 레시피가 파바박 떠올랐다. 게다가 더 신기한 건, 요리사의 돌을 내려놓아도 그 상태는 그대로 유지가 된다는 것이었다.

"오, 이거 완전 내 머릿속을 정리해 준 건가봐! 근데 왜 지금?"

호검이 생각해 보니 이태리 요리 대회 이후로 요리사의 돌을 잡은 적이 없어서 지금에서야 이런 반응이 나온 것 같았다.

호검은 상쾌한 기분을 느끼면서 이번엔 원래 목적인 돼지고기 튀김에서 잡내를 잡아줄 수 있는 레시피를 떠올리려고 했다.

그러자, 그의 머릿속에는 한식에서 고기 잡내를 없앨 때 많이 사용하는 간장, 마늘, 참기름을 넣는 레시피가 떠올랐다.

중국 요리 지식이 부족해서 이런 결과가 나온 건지 의아했지만, 호검은 일단 요리사의 돌이 알려준 대로 만들어서 〈아린〉의 찹쌀탕수육과 비교해 보기로 했다.

호검은 다시 요리사의 돌을 서랍에 고이 모셔두고, 주방으로 갔다. 생강술은 그사이 완성되어 있었고, 그는 이제 돼지고기에 밑간을 했다.

돼지고기 절반은 오늘 튀김장이 알려준 레시피대로 밑간을 하고, 나머지 절반은 요리사의 돌이 알려준 대로 소금 대신 간장, 생강술 대신 마늘과 참기름을 넣어 조물조물 무치듯 문지른 다음 찹쌀 반죽을 만들어 달궈진 기름에 곧바로 튀기기 시작했다.

'이거 맛이 어떠려나……'

호검은 궁금해하며 찹쌀탕수육을 바삭하게 튀겨냈다. 그리고 먼저 요리사의 돌이 알려준 레시피대로 밑간을 한 탕수육을 입에 쏙 집어넣었다.

"오?"

호검은 탕수육을 먹고는 감탄사를 내뱉더니 이번엔 원래 〈아린〉의 레시피로 만든 탕수육 맛을 보았다. 그는 〈아린〉의 탕수육을 먹고는 알 수 없는 표정을 짓더니 다시 요리사의 돌 레시피로 만든 탕수육 하나를 입에 넣고 맛 차이를 분석했다.

'역시 간장, 마늘, 참기름 조합은 대박인데?'

소금은 감칠맛이 떨어지는데, 간장으로 간을 하니 고기에 감칠맛이 돌았다. 마늘은 고기의 잡내를 잡아줄 뿐만 아니라 역시 감칠맛을 살리는 데 일조했고, 참기름도 돼지고기의 잡내를 잡아주며 일반 기름에 튀긴 고소함과는 뭔가 다른 고소함을 냈다.

물론 〈아린〉의 소금, 후추, 생강술 조합도 그냥 고기 잡내가 안 나고 깔끔한 느낌이 있었지만, 호검이 느끼기에 한국인들에게는 감칠맛이 도는 간장, 마늘, 참기름 조합이 더 잘 맞을 것 같았다.

호검은 탕수육 소스도 조금 만들어서 두 가지 다른 밑간을 한 찹쌀탕수육을 찍어 먹어보았다.

오, 이건 확실하네. 이거지. 이거야. 역시 요리사의 돌이 틀릴 리가 없지! 이거 수제자 선발전에서 해 보일까? 음, 아니지.

우선 정국이부터 먹어봐야겠다!'

호검은 내일 아침에 정국이에게 주려고 밑간이 다른 두 가지 탕수육을 따로 통에 담아 두고 잠자리에 들었다.

다음 날 아침. 호검이 7시 10분쯤 일어나서 씻고 나오니 정국이 이비 두 가지 탕수육이 담긴 통을 열어보고 있었다.

"야, 이거 뭐야? 어젯밤에 만든 거야?"

"어. 네 건데 어떻게 딱 알았네? 먹어보고 둘 중 더 맛있는 거 말해줘."

"오호! 좋았어!"

정국은 좋아하며 젓가락을 들었다.

"식었지만 맛은 있을 거야."

"탕수육은 뜨거워도 식어도 다 맛있지. 하하하. 기다려 봐. 내가 이 정확한 혀로 제대로 평가해 줄 테니까."

"먹고 있어. 나 옷 입고 나올게."

정국은 호검이 옷을 입는 동안 한 입씩 번갈아 두 가지 탕수육을 맛보았다. 그리고 호검이 준비를 다 마치고 방에서 나오자 대뜸 말했다.

"이 파란 뚜껑 통에 들어있던 게 더 맛있어!"

정국은 역시 간장, 마늘, 참기름으로 밑간한 탕수육을 선택했다.

"왜? 맛이 어떻게 다른데?"

"왜?"

정국은 호검의 물음에 갑자기 병진 표정으로 호검을 쳐다보았다.

"응. 어떤 점이 더 맛있냐고."

"그냥 이게 더 맛있어서 맛있다고 했을 뿐인데, 왜냐고 물어보시면……."

정국은 장난스럽게 예전 드라마에서 나온 대사를 패러디해 대답했다. 그러자 호검이 피식 웃더니 지적했다.

"야, 거기선 홍시 맛이 나서 홍시 맛이 난다고 했는데 어찌 그리 생각하냐고 물으신다면 뭐라고 답할 수 있겠냐, 뭐 대충 이런 대사였는데, 넌 그냥 맛있다고만 했잖아."

"대장금은 절대미각이니까 그런 걸 알지. 내가 그걸 알았으면 미식가를 하지. 그리고, 내가 너냐? 더 맛있는 거만 골라내 주는 거도 얼마나 힘든데."

생각해 보니 정국의 말이 틀린 것도 아니었다. 그냥 더 맛있는 것 같다고 할 수도 있지. 꼭 이게 무슨 맛이 나서 더 맛있다라고 해야 하는 건 아니니까.

"그러니까 이게 더 맛있는 이유가, 먹어보니 더 맛있다고 느꼈다 이거지?"

"그렇지! 이제야 말이 통하네."

"알겠어. 하하하. 근데 둘 다 다 먹긴 했네?"

"그럼! 고긴데 다 먹어야지. 와, 덕분에 아침 든든히 잘 먹었다. 나도 얼른 준비하고 나가야지."

정국은 벌떡 일어나 빈 통들을 개수대에 놓고 곧장 욕실로 향했다. 그러자 호검은 욕실로 들어가는 정국의 등 뒤에 대고 말했다.

"아무튼, 맛봐줘서 고맙다! 나 먼저 나간다!"

정국은 뒤도 돌아보지 않고 시크하게 오른손을 들어 흔들었다.

"훗, 잘 갔다 와."

호검은 〈아린〉 주방에 도착하자마자 현우와 식재료를 받아 정리했다. 그런데 오늘 온 식재료 중에서 투명한 비닐에 담겨 있는 무말랭이처럼 생긴 것이 있었다.

"이게 뭐예요?"

호검이 현우에게 묻는데, 재석이 주방으로 들어왔다. 재석을 발견한 현우가 얼른 달려가 물었다.

"형! 어머니는 괜찮으세요?"

"음, 괜찮으셔. 그렇게 많이 다치시진 않았어. 다리를 좀 다치셔서 병원 갔다가 지금은 집에 계시는데, 누나가 와서 한동안 돌봐드리기로 했어."

"불행 중 다행이네요."

"어제 참, 나 없어서 너희들이 고생이었겠다, 그치?"

"아니에요. 그래도 마침 설거지해 주시는 아주머니가 오셔서 괜찮았어요."

"얘는 칼판장님 도와드렸는데, 칼질 잘한다고 아주 난리였다니까요."

현우가 호검의 무용담을 말하듯 재석에게 손짓 발짓으로 설명하자 재석은 이미 알고 있는 사실이었지만 모르는 척 놀라워해 주었다. 호검은 옆에서 멋쩍게 웃으며 어제 찹쌀탕수육과 빠스옥수수를 맛보았다는 이야기를 했다. 곧 용식도 와서 이야기에 끼어들어 수다를 떨고 있는데, 부주방장 형일이 나타났다.

"야, 오늘 짜사이무침 만들어야 하는데 고추기름 만들어놨어?"

짜사이는 원래 자차이라고 하는데, 우리나라에서는 짜사이라고 많이 불린다. 자차이는 중국의 채소인 착채(榨菜)를 말하고, 중국에서 짜사이는 우리나라 장아찌처럼 절여서 무침을 만들어 반찬처럼 먹는다. 그런데 짜사이무침은 고추기름이 들어가기 때문에 고추기름을 먼저 만들어놓아야 했다.

"아, 지금 만듭니다!"

재석이 얼른 대답하고 바로 대파와 생강, 고춧가루를 준비해 왔다.

"고춧가루 태우지 마. 짜사이는?"

형일의 물음에 현우가 얼른 아까 그 투명한 비닐에 싸여 있
는 무말랭이 같은 것을 들어 보였다.

"네! 여기 왔습니다!"

"그거 물에 담가놓고, 이따가 고추기름 좀 식으면 바로 만
들 거니까 다른 재료도 준비해 둬."

"네!"

"아, 이게 짜사이구나. 근데 이거 왜 물에 담가요?"

"이거 짜거든. 장아찌라고 생각하면 돼."

"아하, 그럼 짜사이무침엔 뭐가 들어가요?"

호검이 현우에게 계속해서 물었다. 현우는 짜사이를 담가
둘 커다란 대야를 가져오며 설명했다.

"대파랑 양파 채 썰어서 물에 담가놔야 돼. 그런 다음에 이
따가 짜사이 짠기가 좀 가시면 짜사이만 또 설탕과 식초로 재
우더라고. 나중에 버무리는 건 부주방장님이 직접 하셔. 소금,
고추기름, 고춧가루 뭐, 대충 이렇게 들어가던데?"

"아하."

"근데 부주방장님도 손맛이 있으셔서 그런지 내가 먹어본
짜사이 중에서 〈아린〉 거가 제일 맛있더라. 이거 만들어놓으
면 은근 그냥 흰 쌀밥이랑 먹어도 맛있어."

호검은 그냥 단무지랑 생양파만 먹었지 짜사이는 먹어보지
않아서 그 맛이 궁금했다. 현우와 호검은 짜사이를 물에 담가

두고 양파와 대파를 손질하기 시작했다.

그사이 재석은 고추기름을 만들 때 넣을 대파와 생강을 썰었는데, 대파는 손가락 길이로 썰고, 생강은 편으로 썬 다음 웍에 넣고 기름을 부어 끓였다. 그는 파와 생강을 넣은 기름을 어느 정도 끓이다가 고춧가루를 넣어 약한 불로 은근히 우려냈다.

잠시 후, 고추기름이 완성되자, 재석은 웍을 옆으로 옮겨 기름이 그대로 식도록 내버려 두었다.

재석은 고추기름을 식게 두고, 바로 호검과 현우가 대파와 양파 채 써는 것을 도왔다. 그리고 부주방장은 재석이 만든 고추기름을 확인해 보고 만족스러운 듯 고개를 끄덕였고, 짜사이의 물기를 짜서 식초와 설탕에 다시 재워두었다.

호검은 부주방장이 짜사이를 만들 때 어깨너머로 구경을 하며 기억을 해두었다. 그 후로도 호검은 매일매일 새로운 메뉴들을 접할 수 있어서 재미있게 주방 일을 했고, 수제자 선발전을 대비해 집에서 여러 중국 요리 관련 요리책도 보고 연습도 해보았다.

*   *   *

몇 주가 지나, 3월이 시작되었다. 그동안 호검을 비롯한 아린의 주방 식구들은 다들 수제자 선발전에 대비해서 서로 요리에 대해 묻기도 하고 개인적으로 연습을 하기도 했다.

"이제 구체적인 날짜가 나올 때가 됐는데……."

식사장이 아침에 점심 타임에 쓸 재료들을 준비하다가 중얼거렸다.

"뭐요? 수제자 선발전?"

튀김장이 식사장에게 묻자 식사장이 맞다는 듯 고개를 끄덕였다.

"그러게요. 다들 그거 준비하느라 아주 피곤들 하신데, 빨리 해치워 버리시지."

튀김장이 다른 주방 식구들을 둘러보며 큰 소리로 말하는데, 때마침 학수가 주방으로 들어왔다.

"아, 안녕하세요, 사장님!"

"안녕하세요, 셰프님!"

주방 식구들은 제각각으로 인사를 했고, 천학수는 온화한 미소를 띠며 묵례를 했다.

그런데 그의 손에는 종이 한 장이 들려 있었다. 그는 그 종이를 주방의 한쪽 벽에 탁 붙이고 말했다.

"자, 여러분이 기다리시는 공고 나왔습니다. 참가 희망자는 여기 아래에 이름을 적어주세요."

천학수는 이렇게 말하고는 다시 주방을 나갔다.

"와! 드디어!"

주방 식구들은 다들 재료 준비를 하다 말고 우르르 몰려가 공고를 확인했다. 부주방장만 빼고.

[수제자 선발전

일시 : 2007년 3월 7일 수요일 오전 11시 시작.

선발 과제 : 3가지 요리 만들기(볶음요리, 튀김요리, 고난도의 칼질요리)

평가 기준 : 볶음요리 — 불맛, 튀김요리 — 바삭함, 칼질요리 — 재료의 모양과 조화

(요리 과정, 맛은 기본)

주의 사항 : 수제자가 아무도 뽑히지 않을 수 있음. 또 반대로 여러 명이 뽑힐 수도 있음.

*참가자는 여기 아래 이름을 적어주세요.]

"아무도 뽑히지 않을 수 있대……."

면장이 주의 사항을 읽다가 중얼거렸다. 그러자, 동갑인 용식이 그의 어깨에 손을 척 걸치더니 말했다.

"에이, 여러 명이 뽑힐 수도 있다잖아."

"그러니까 이건 절대평가란 말이지. 우린 서로 경쟁자이면서 경쟁자가 아닌 거고. 다 같이 잘하면 다 수제자가 될 수 있어!"

튀김장이 끼어들어 긍정 에너지를 폭발시키며 발랄하게 말

했다.

"작년에 칼판장이랑, 나랑, 튀김장, 그리고 부주가 참가했었지?"

"네, 그전에 있던 면장도 참가했었는데, 안 됐다고 나갔잖아요. 그리고 여기 한민이가 들어왔지."

튀김장이 덧붙여 말했다.

"그때 전 칼판장 아니었죠. 하하하. 부주가 칼판장이었지."

"맞아. 그리고 그때는 선발 과제도 2개였는데 말이야."

부주방장 형일은 다른 주방 식구들이 수제자 선발전에 대해 떠드는 게 싫었던지 갑자기 주방을 나갔다.

그는 주방 뒷문으로 나가서 담배를 꺼내 물었다.

'에이. 이거 수제자 선발하기 전에 확 나가 버릴까. 누구 하나 선발되고 나간다고 하면 쪼잔해 보이잖아. 근데, 뭐 더 가르쳐 주지도 않는데. 젠장.'

형일이 인상을 팍 쓰고 담배 연기를 내뿜고 있는데, 그의 휴대폰 벨이 울렸다.

"여보세요. 오준성! 오랜만이네?"

오준성. 그는 아까 주방 식구들 대화에서 작년 수제자 선발전에 실패하고 나갔다던 바로 그 면장이었다.

―어. 오랜만이야. 우리 같이 술 마신 게 작년 가을이었나? 우리 만난 지도 오래됐는데 조만간 한번 보자.

"그래? 안 그래도 영 기분이 꿀꿀하던 차였는데, 언제 볼래?"

—왜?

"이맘때 있는 그거, 너도 알잖아."

—수제자 선발전? 너 있는데 또 뽑으시는 거야?

"내 말이. 수제자 많이 뽑아서 뭐 하시려고 그러나 몰라."

—음, 그래? 요즘 천 셰프님이랑 사이 별로야?

"으음, 아니. 뭐. 그런 건 아니고……."

형일은 애써 숨기려했지만, 준성은 대충 눈치를 채고 있었다. 작년에 술자리에서 형일이 홍소두부 레시피를 실토하게 만든 게 바로 준성이었기 때문이다. 그는 홍소두부 레시피가 유출되었다는 것을 천학수도 알고 있을 거라 짐작했다. 그러니 당연히 형일과 사이가 안 좋을 수밖에.

"참, 넌 〈팔선정〉 생활 어때?"

—여기 좋아. 사장님도 좋으시고. 나 작년에 월급도 올랐거든. 작년에 우리 식당이 좀 잘돼서.

"그래? 음, 그럼 혹시……."

—혹시 뭐?

"아, 아니다. 우리 언제 만날래?"

—다음 주 월요일 저녁에 시간 낼 수 있어? 우린 월요일이 휴무거든.

"미리 말하면 될 거야. 알았어. 그때 보자."

형일은 전화를 끊고 먼 산을 보며 담배를 피우다가 다시 주방으로 들어갔다.

주방에서는 한창 수제자 선발전에 참가할 사람들이 볼펜으로 공고 밑에 이름을 적고 있었다.

"밑져야 본전인데 다들 참가해 보는 거야!"

튀김장이 제일 먼저 이름을 적고 나서 웃으며 다른 사람들을 독려했다.

"전 내년에나 참가해 볼래요."

"저도 아직……."

현우와 용식은 아직 실력이 안 된다며 신청하지 않았고, 면장도 자긴 이 위치만 해도 만족한다며 안 하겠다고 했다. 재석은 잠시 공고 앞에서 고민하다가 호검에게 물었다.

"호검아, 넌 할 거지?"

"네, 튀김장님 말대로 밑져야 본전이잖아요. 하하. 형도 연습했었는데, 하셔야죠."

"사실 나 연습하다 보니까 너무 실력이 부족한 거 같아서……."

"에이, 형 잘하시는데 왜 그러세요."

"재석아, 너무 부담 갖지 말고 해봐. 좋은 경험이 될 거야."

식사장이 재석을 다독였고, 재석은 고민 끝에 신청자에 이름을 적었다. 그리하여 결국 신청자란에는 식사장 정은구, 칼판장 양주성, 튀김장 박승준, 칼판 보조 문재석, 막내인 강호검 이렇게 다섯 명의 이름이 적혔다.

그리고 형일은 공고문에 적힌 호검의 이름을 보고 불안감에 휩싸였다. 그도 호검의 실력이 예사롭지 않다는 것을 이미 알고 있었기 때문이다.

'아, 다른 사람들은 택도 없는데. 강호검… 저 자식이 문제야……'

형일은 재료 준비를 돕고 있는 호검을 날카롭게 째려보았다.

호검은 기본적으로 원래 준비하는 볶음용 채소들 손질이 끝난 후에는 다른 파트장들이 시키는 일을 이것저것 하고 있었다.

칼판장은 호검이 칼을 잘 쓰니 칼판 보조로 만들 생각이었다. 재석이 일단 칼판 보조를 하고 있지만, 그는 불판 쪽으로 옮겨 갈 확률이 높았고, 호검이 재석보다 칼질을 더 잘하기도 했기 때문이다. 그래서 호검은 주로 칼판장이 시키는 것을 많이 하곤 했다.

그런데 오늘은 오늘의 특선이 딤섬이어서 면장이 손이 모자라다며 투덜대다가 칼판장에게 와서 말했다.

"아, 진짜. 이건 분명히 사장님이 저한테 무슨 역하심정이 있으신 거예요. 딤섬을 오늘의 특선으로 하시다니! 말도 안 돼!"

"하하하. 설마. 네가 미워서 그러셨겠어? 네가 딤섬을 잘 만드니까 맘껏 만들어보라고 그러신 거겠지. 억하심정이 있으셨으면 장수면이나 도삭면으로 오늘의 특선을 하셨겠지. 큭."

칼판장이 웃으며 면장을 놀려댔다.

"아, 형! 누구 놀려요? 근데 진짜 큰일인데, 언제 다 만들어…… 아! 그런 의미에서……."

"그런 의미에서?"

"호검이 좀 데려다 쓸게요."

"그래. 특별히 허락해 줄게."

면장은 이미 칼판장이 주로 호검에게 일을 시키는 것을 알고 있었기에 칼판장에게 양해를 구하고 호검을 데려왔다. 호검은 마침 면장에게 물어볼 것이 있었던 터라 얼른 면장의 옆에 자리를 잡고 앉아서 딤섬을 만들기 시작했다. 바로 앞에 용식도 앉아 딤섬을 만들고 있었지만, 다행히 면장이나 용식둘 다 수제자 선발전에 뜻이 없어서 호검은 별 망설임 없이 말문을 열었다.

"저, 면장님……."

"어. 왜?"

"멘보샤 빵 만들 줄 아세요?"

"멘보샤? 멘보샤를 만들 줄 아냐는 거야? 당연히 만들 줄

알지. 식빵 사이에 새우 다진 거 넣어서 튀기는 거 말하는 거
맞지?"

면장은 호검이 멘보샤를 만들 줄 아냐고 묻는 것으로 생각
하고 대답했다.

"네. 근데 그거 원래 중국에서는 식빵 말고 다른 전통 빵으
로 만든다고 하던데……."

"만터우? 만터우 말하는 건가 보네?"

만터우는 중국 동북부 지역 사람들이 주식으로 먹는 만두
소가 들어가지 않는 찐빵 같은 중국식 빵을 말했다.

"원래 만터우를 만들어서 그걸로 멘보샤를 만드는 거긴 하
지. 그렇지만 요즘은 다들 그냥 식빵 써. 만터우 만들어서 잘
라서 쓰려면 손이 너무 많이 가니까. 근데, 그건 왜?"

"저, 그 만터우 만드는 법 좀 알려주실 수 있을까 해서요."

"만터우 만드는 법? 오, 수제자 선발전 튀김 요리에서 멘보
샤 만들게?"

"아, 아직 확정은 아니고요……."

호검이 멋쩍게 대답했다. 그런데 면장이 갑자기 무슨 생각
이 들었는지 씨익 웃더니 용식에게 말했다.

"용식아, 우리 이 새우샤오마이 피 모자랄 거 같은데, 더 만
들어다 줘."

"오케이."

용식은 면장의 말에 벌떡 일어나 피를 만들러 갔다. 그는 용식을 보내고 나더니 호검을 이리저리 훑어보았다. 면장이 갑자기 호검의 몸을 이리저리 훑어보자 민망해하며 물었다.

"왜, 왜요?"

"팔이 기네. 키가 커서 그런가?"

"네? 제가 팔이 좀 긴 편이긴 한데……."

"오호. 너, 혹시 수타면은 만들 줄 알아?"

"네? 수타면은 갑자기 왜요? 배운 적 없어서 모르는데……."

호검은 수타면 만드는 법도 배우고 싶었지만, 이번 수제자 선발전에서는 면 요리가 없으니 일단은 다른 요리들 연습만 하고 있었다.

"네가 수타면 뽑을 수 있으면 만터우 만드는 법 가르쳐 줄게. 어때? 키도 크고 팔이 길어서 쉽게 할 수 있을 것 같은데."

면장은 저번에 찹쌀탕수육 때도 그러더니, 이번에도 뭔가 조건을 내걸었다. 그는 원래 내기나 퀴즈를 좋아해서 그런지 조건을 거는 걸 좋아했다.

"으……. 그럼 수타면 저 가르쳐 주시는 거예요?"

"뭐, 시범은 한번 보여주지."

면장은 정말 호검이 수타면을 만들어야 만터우 만드는 법을 가르쳐 줄는지, 아니면 그냥 장난으로 그러는 건지 도통 알 수가 없었지만, 일단은 그러겠노라고 했다. 사실 그에게는 요리사의 돌이 있었기에, 면장이 한 번만 보여주면 호검은 충분히 수타면을 만들 수 있을 것이었다. 물론 처음부터 끝까지 만드는 걸 그가 다 관찰할 수 있다면 말이다.

면장은 그날 식당 일이 모두 끝나고 다른 주방 식구들이 다들 집에 가고 나자, 바로 수타면 만드는 걸 보여주었다.

"수타면은 이렇게 길게 팔로 늘이고, 꽈배기처럼 말면서 여기 도마를 탕 때리면서 만드는 거야. 손가락에 이렇게 면을 걸고, 양팔을 주욱 늘리면서 면도 같이 늘리고 말이야. 면에 밀가루도 충분히 묻혀야 면끼리 안 달라붙지. 그리고, 이렇게 면 굵기를 일정하게 뽑아내는 게 기술이지."

면장은 계속해서 입으로 설명을 해주면서 면을 뽑았다. 속도가 아주 빠르진 않았지만, 완성된 수타면의 굵기는 정말 일정했다. 마치 기계로 뽑은 것처럼 말이다.

"와, 면장님 솜씨가 좋으시네요. 〈아린〉에서 수타면을 안 하는 게 아쉬워요. 이렇게 잘하시는데."

"이거 팔 아파. 늙어서까지 하면 팔 빠진다. 난 지금 여기서 이 정도로 일하는 게 좋거든. 적당히 벌고, 적당히 일하고, 적당히 편한 게 좋지. 하하."

면장은 큰 욕심이 없어 보였다. 그는 그저 여기 〈아린〉에서 계속 면장으로 이렇게 일하고 싶어 하는 것 같았다. 호검은 잠깐 그런 면장이 부럽기도 했다. 하지만 곧 다시 마음을 다잡고, 수타면 만드는 연습에 돌입했다.

호검은 면장을 먼저 집에 보내고 요리사의 돌을 사용해 면장의 수타면 만드는 포인트를 알아냈다. 그는 한 2시간가량 연습하자, 균일한 면발을 뽑아낼 수 있었다. 그는 만든 면을 잘라 밀가루를 잔뜩 뿌려서 그릇에 담아놓고 퇴근했다.

* * *

다음 날 아침, 면장은 출근하자마자, 호검이 만들어놓은 수타면을 보더니 깜짝 놀랐다.

"야, 강호검! 너 이거? 진짜 네가 만든 거야?"

"네. 그럼요!"

"역시 피지컬이 좋아야 돼……. 암튼, 오늘 끝나고 내 두 눈으로 직접 확인하겠어!"

다른 주방 식구들도 호검이 면장에게 수타면을 알려달라고 한 것을 알고 있었기에, 호검의 수타면을 보고는 한 마디씩 했다.

"수타면이 이렇게 만들기 쉬운 거였어?"

"아니죠. 호검이가 이상한 거죠. 아니, 대단한 거죠."

"와, 대박이네."

"칼판장, 이러다 면장한테 호검이 뺏기는 거 아냐? 얘, 수타면도 잘 만드는데?"

식사장이 칼판장을 툭 치며 말했다.

"에이, 면장이 맨날 하는 말 있잖아요. 수타면 팔 아프다고."

"칼질도 팔 아프잖아."

"그래도 호검이는 원래 칼질이 좋다고 그랬어요. 그치?"

"네. 전 칼질이 좋아요."

호검의 대답에 칼판장은 씨익 웃으며 안도했고, 면장은 슬쩍 호검에게 다가와 귓속말을 했다.

"이따 끝나고 남아. 수타면 내 앞에서 보여주면 바로 만터우 빵 만드는 거 알려줄게."

수타면에 흥미가 없는 다른 주방 식구들도 만터우 빵에 대해서는 생각이 다를지도 몰랐기에 면장은 호검에게만 조용히 말했다. 요즘은 만터우 빵 대신 식빵을 쓰는 곳이 많았기 때문에 만터우 빵을 만들 줄 아는 사람이 드물었다.

"네! 감사합니다!"

호검은 싱글벙글 웃으며 면장에게 인사했다. 그리고 약속대로 그날 식당 일이 끝나고 호검은 수타면을 검사받고, 바로 만터우 빵 만드는 법을 배울 수 있었다.

　　　　*　　　　*　　　　*

　며칠이 훌쩍 지나 수제자 선발전이 이틀 앞으로 다가왔다.

　호검, 현우, 재석, 용식은 점심 브레이크 타임에 늦은 점심을
먹고 난 후 잠시 주방 뒤편에 나와서 커피 타임을 가지고 있
었다. 그들은 종이컵에 인스턴트커피를 타서 마시면서 이야기
꽃을 피웠다. 물론 화제는 수제자 선발전이었다.

　"으아, 이틀 남았네……."

　재석이 생각만 해도 벌써 긴장이 되는 듯 말하자, 용식이
말했다.

　"왜, 벌써 긴장되냐? 그러니까, 나처럼 안 하면 속 편한데.
하하."

　"그래도, 하면 뭔가 도움이 되겠죠……. 아닌가? 긴장만 하
나?"

　그러면서 재석이 커피 한 모금을 홀짝 마셨고, 현우는 호검
에게 물었다.

　"넌 수제자 선발전 준비 잘하고 있어?"

　"뭐, 그럭저럭요. 요리책에 나온 거나, 여기서 보고 듣고 한
걸로 연습해 보고 있어요."

　"어떤 거 만들어봤어?"

　재석이 궁금한 듯 물었다.

"깐풍기, 찹쌀탕수육, 유산슬, 팔보채, 오향장육, 이런 기본적인 것들요. 〈아린〉에서 파는 건 다 만들어봤어요. 물론 여기서 만드는 거랑 맛은 같았는지 잘 모르겠지만요. 제가 여기 음식들을 다 먹어본 게 아니라서요."

"난 다 먹어봤는데, 똑같이 그 맛을 못 낸다는 게 문제야."

재석이 씁쓸하게 말하자, 현우가 끼어들어 재석에게 물었다.

"재석 형은 어떤 거 연습하세요?"

"나도 이것저것 하는데, 튀김 요리가 은근 어렵더라. 흠, 근데, 또 고민인 게, 쉬운 요리를 만들어도 맛있게 만드는 게 좋은지, 좀 서툴더라도 어려운 요리를 만드는 걸 보여 드려야 할지 모르겠어."

"어려운 요리라는 건 예를 들어 어떤 거요?"

"손이 많이 가는 요리들 있잖아. 칼질을 많이 해야 한다든지, 튀겼다가 쪘다가 막 여러 가지 조리법이 필요한 요리라든지. 그런 것들 말이야. 꿔샤오기나……"

"꿔샤오기? 형, 그거 할 수 있어요? 그거 조리법이 완전 복잡하다던데?"

꿔샤오기는 튀긴 닭을 소스를 부어 쪄내는 음식으로 찜닭과 비슷한 맛이 나는 닭 요리였다. 호검도 요리 책 같은 데서 보긴 했으나, 튀긴 다음 쪄내면 바삭함이 사라질 테니 튀김 요리에서 보여줄 만한 요리는 아니라고 생각했다.

"근데 그렇게 하면 튀김의 바삭함은 사라질 것 같은데……."

호검이 자신의 의견을 말했다.

"그건 그래. 그래도 어려운 요리니까 뭔가 천 셰프님이 잘 봐주시지 않을까?"

"내 생각엔 말이야,"

용식이 갑자기 끼어들어 말했다.

"쉬운 요리든 어려운 요리든 맛있게 만들면 돼. 안 그래?"

"아, 형. 그건 당연하죠!"

"아, 그리고! 새로운 요리가 더 어필하기 좋을 것 같기도 해. 일단 아린에서 파는 메뉴는 천 사장님의 특별한 레시피가 들어간 게 많으니까, 그런 메뉴 말고 색다른 맛을 보여주는 거지."

"아니면, 아린의 메뉴를 똑같이 재현해 내는 것도 꽤 임팩트가 있을 것 같은데?"

현우가 〈아린〉 메뉴들 맛을 내는 것도 힘들다며 말했다.

호검은 선발전에서 할 요리 선정에 있어서 고민이 많았는데, 그들의 대화를 듣고 수제자 선발전에 만들 요리를 마음속으로 정했다.

'음, 맞는 말이야. 하나는 재현을 해내고, 하나는 새로운 요리를 해야겠어. 그리고 나머지 하나는 어려운 요리를 하면 되

겠다!'

그날 저녁, 형일은 일이 있어 빠진다고 학수에게 미리 양해를 구해놓았기에, 저녁 타임은 학수가 주방을 맡았다. 그리고 형일은 과거에 〈아린〉에서 일했던 친구 준성을 만나기 위해 한 호프집으로 향했다.

"형일아! 여기!"

호프집에 들어서자 먼저 와서 기다리고 있던 준성이 손을 번쩍 들며 형일을 맞았다.

"어! 오랜만이다."

형일은 준성에게 다가가 악수를 하고 자리에 앉았다.

"오래 기다렸어?"

"아니, 나도 방금 왔어. 우리 뭐 먹을까?"

둘은 크리스피 치킨과 생맥주를 시켰고, 치킨이 나오길 기다리는 동안 이미 세팅되어 있던 과자를 안주 삼아 맥주를 마시면서 대화를 나눴다.

"수제자 선발전이 벌써 내일모레야."

"이번엔 몇 명이나 참가하는데? 다들 해보려나? 밑져야 본전이니까?"

"5명 참가하는데, 그중에 좀 특이한 애가 있어서……."

"특이한 애?"

"이번에 새로 막내로 들어온 앤데, 나이가 스물여섯밖에 안 돼서 경험이나 아는 건 별로 없는데 재능을 타고난 거 같더라고."

준성은 형일의 말투에서 뭔가 그 재능을 타고난 것 같은 막내가 수제자로 뽑힐까 봐 걱정을 하는 느낌을 받았다.

"도대체 얼마나 재능이 있기에 네가 그렇게 불안해하는 건데?"

"불안하다기보단… 만약에 걔가 수제자로 뽑히면 그렇게 새파랗게 어린 놈이랑 내가 같은 급이 되는 거잖아. 그게 기분 나쁘지."

"뭐야, 걔가 그 정도로 실력자야? 네 말은 걔가 수제자로 뽑힐 가능성이 있다는 뜻인 거잖아?"

"아, 뭐 꼭 그렇다는 건 아니고, 참, 넌 〈팔선정〉에서 면장으로 계속 있는 거지?"

형일은 호검의 실력을 인정하기도 싫고, 스스로 호검이 수제자로 뽑힐지도 모른다고 생각하고 있다는 것 자체에도 자존심이 상해서 대충 대답을 얼버무리며 말을 돌렸다.

"으응. 면장으로 있지."

"근데 면장 대우가 그렇게 좋아? 월급도 막 올려주고 말이야."

준성은 사실 형일에게서 알아낸 홍소두부 레시피 덕에 월급이 오른 것이었지만, 어깨를 으쓱하며 자랑하듯 말했다.

"아하하하. 내가 실력이 좀 있잖아."

그러는 사이 주문한 치킨이 나왔고, 그들은 치킨을 먹으며 계속해서 대화를 이어나갔다.

"너 그럼, 〈아린〉에서 나오고 싶은 거야?"

형일의 태도로 보아 천학수에 대해 불만이 꽤 있는 듯해 보이자, 준성이 형일을 떠보듯 물었다.

"음, 근데 지금 여기서 부주방장인데 다른 데 가면 부주 시켜주나?"

"사실 내가 할 말이 있어서 보자고 한 건데."

"응? 뭔데?"

"우리 사장님이……."

준성이 뜸을 들이며 말끝을 흐렸다.

"〈팔선정〉 사장님? 사장님이 왜?"

형일이 기대감 가득한 표정으로 준성을 쳐다보았다.

"혹시 너 〈팔선정〉으로 옮길 생각 있어? 사장님이 은근히 떠보랬는데, 그냥 돌직구로 묻는 거야."

"정말? 나 스카우트해 가신대?"

형일이 놀라움 반 기쁨 반으로 입에서 큰 소리가 나왔다. 형일이 갑자기 목소리를 높이자 준성이 깜짝 놀라며 말했다.

"깜짝이야! 큭. 너 온다고 하면 부주 자리 주실 것 같던데. 지금 부주 마음에 안 드시는 눈치거든."

"부주 자리를 준다고?!"

형일이 이번에도 흥분해서 큰 소리로 되물었다.

"어. 너 생각 있으면 우리 사장님 한번 만나볼래?"

준성의 말에 형일의 두뇌가 최고 속도로 회전하기 시작했다.

'당장 옮겨 갈까? 수제자 선발전 꼴 안 보고 그냥 때려치운다고 그래 버려? 흠, 아니지, 아무도 안 뽑힐 수도 있어. 〈팔선정〉 주방장도 실력이 괜찮은 편이긴 하지만, 천 사장님이 더 좋으니까……. 근데 실력이 더 좋으면 뭐해? 나한테 요즘 요리를 안 가르쳐 주잖아! 아, 어쩔까……. 고민이네.'

준성이 형일의 대답을 기다리며 그의 눈치를 보고 있었다. 사실 준성은 형일을 잘 꾀어서 데려오면 〈팔선정〉 사장에게 인센티브를 더 받기로 딜을 한 상황이었다. 보아하니 형일도 〈아린〉에서 일하는 것에 불만도 좀 있어 보여서 마침 잘되었다고 생각하고 바로 물어본 것이다.

'이게 바로 누이 좋고, 매부 좋고지. 형일이도 옮기면 좋고, 나도 형일이가 옮기면 좋고!'

준성은 실실 웃으며 형일에게 다시 말했다.

"아, 그리고 월급은 얼마인지 사장님이 직접 만나서 말씀해 주시겠다고는 하셨는데, 일단 내가 알고 있는 바로는 〈아린〉 월급보다 무조건 많이 주겠다고 하셨어."

"와, 정말?"

〈팔선정〉의 사장은 오너 셰프가 아니라 돈이 많아서 실력 있는 주방장을 데려다가 중식당을 차린 사람이었다. 그래서 지금 있는 주방장도 천학수보다는 못하지만, 꽤 실력을 알아주는 사람이었다.

〈팔선정〉 사장의 목표는 천학수의 〈아린〉을 누르고 최고 중식당으로 이름이 나는 것이었다. 지금 있는 주방장에, 학수의 여러 비법 레시피를 알고 있는 형일을 부주방장으로 들인다면 이건 정말 가능한 일일지도 몰랐다. 그러니 어떻게든 형일을 영입하고 싶어 했다.

형일은 직위 보장에 월급 보장까지 해준다니 더 구미가 당겼다. 그래도 너무 덥석 바로 하겠다고 하는 것은 협상에서 좋은 위치를 선점할 수 없다.

그는 일단 조금 여유를 두고 생각해 보겠다고 하는 것이 좋겠다고 판단했다.

"음, 아직은 좀 더 생각해 봐야 할 것 같아. 일단은 수제자 선발전 결과를 좀 보고 말이야."

"알았어. 그래."

"아, 사장님한테는 수제자 선발전 결과를 봐야 한다는 말은 하지 마. 그냥 생각 좀 해본다고 긍정적으로 얘기했다고 전해 줘."

"하하하. 알겠어. 나도 그 정돈 알지. 자, 건배할까?"

"좋아. 건배!"

형일은 신이 나서 목청껏 건배를 외쳤다.

형일은 이제 수제자 선발전이 어떻게 되든 사실 별로 상관이 없게 되었다. 누군가 수제자로 뽑힌다면 자신은 〈아린〉을 떠나면 될 것이고, 안 뽑힌다면, 그냥 〈아린〉에 있으면 되는 것이기 때문이다.

'아니지. 수제자 뽑히든 말든 〈팔선정〉으로 옮겨 버려?'

생각을 더 하면 할수록 형일의 마음이 점점 〈팔선정〉으로 기울어졌다.

*   *   *

드디어 수제자 선발전이 있는 수요일이 되었다. 선발전 테스트는 오전 11시에 시작되었지만, 10시가 되니 이미 참가할 5명이 다 〈아린〉 주방에 도착해 있었다. 그들은 모두 조리복으로 갈아입고 주방에 모여 잠시 대화를 나눴다.

"으, 난 왜 이게 다른 요리 대회 나갈 때보다 더 떨리지?"

재석이 손가락을 쥐락펴락하면서 호검에게 말했다. 그는 덩치에 맞지 않게 발도 동동 구르며 안절부절못하고 있었다.

"형 진짜 너무 떠신다. 저번에 요리 대회에서는 하나도 안 떠시더니. 그냥 요리 연습 한다고 생각해요."

"내 마음이 내 마음대로 안 된다는 게 문제지. 아, 재료 준비하면서 마음을 가다듬어야겠다."

이번 선발전 테스트에서 하는 요리들은 주방에 있는 식재료를 마음껏 써도 되고 혹시 필요한 재료가 주방에 없으면 개인적으로 준비해 오면 되었다.

〈아린〉의 주방에는 거의 없는 재료가 없었기 때문에 다들 그다지 뭘 많이 가져오진 않았지만, 각자 공개할 수 없는 비장의 소스는 따로 만들어 오기도 했다. 호검도 집에서 미리 소스를 준비해 왔고, 튀김장도 뭔가를 통에 담아 왔다.

수제자 선발전 참가자 5명은 서로 오늘 할 요리에 대한 이야기는 하지 않고, 각자의 재료만 준비해서 손질했다. 서로 눈치로 주재료가 무엇이구나 정도만 알고 있을 뿐 일절 질문을 하지 않았다.

10시 50분.

누군가 주방으로 걸어오는 발소리가 들려왔다.

"사장님 오시나 봐!"

참가자들 5명은 이미 재료 준비를 마친 상태라 일렬로 주방 문 앞에 서서 대기했다.

그런데 주방문을 열고 들어선 사람은 천학수가 아니었다. 그는 바로 부주방장 형일이었다.

"잉? 부주! 부주는 왜 왔어요?"

튀김장이 놀라며 물었다. 다른 사람들도 의아해하는 표정으로 부주를 쳐다보았다.

"나? 구경 왔지."

형일도 오늘 참가자들이 어떤 요리들을 어떻게 해낼지 궁금했던 것이다. 그리고 그들의 실력을 알고 싶기도 했고, 학수의 반응도 보고 싶었다.

"내가 명색이 천 셰프님의 유일한 수제자잖아. 오늘 선발전은 내 후배를 뽑는 거고. 뭐, 아무도 못 들어올 확률이 높지만 말이야."

형일은 '후배'라는 말을 강조했고, 일부러 참가자들의 사기를 꺾으려고 그들을 무시하는 듯한 발언도 덧붙였다. 참가자들은 모두 형일의 말에 표정이 조금 안 좋아졌다.

하지만 그때, 튀김장이 센스 있게 형일의 말을 받아쳤다.

"에이, 형. 복권도 당첨 확률은 말도 안 되게 낮지만 되는 사람 있잖아요? 누가 알아요? 이번에 수제자로 우리 5명이 다 뽑히게 될지! 그죠, 여러분?"

"그럼, 그럼!"

"옳소!"

식사장과 칼판장이 박수를 치며 튀김장의 말에 동조했다. 그러자 형일은 콧방귀를 끼며 중얼거렸다.

"두고 보면 알겠지."

형일은 이렇게 말하면서 차가운 눈으로 호검을 슬쩍 째려보았다. 호검은 그의 기분 나쁜 눈빛을 느꼈지만, 아무렇지 않은 듯 온화한 미소를 짓고 있었다.

'흠, 날 경계하는 것 같군. 내가 수제자로 뽑히면 부주가 날 엄청 갈굴 태세네.'

호검은 그런 생각이 들자 조금 걱정이 되었다. 하지만 곧 일단 수제자로 뽑히고 나서 걱정할 일이라고 마음을 다잡았다.

사실 오늘 형일이 수제자 선발전을 구경하러 온 것은 어제 들은 이야기 때문이었다.

그는 수제자 선발전과는 상관없이 〈팔선정〉으로 이직할 생각을 거의 굳힌 상태였는데, 어제 브레이크 타임에 매니저 예슬과 커피를 마시다가 한 가지 새로운 소식을 접했다.

형일은 예슬에게 관심이 있어서 가끔 자기는 잘 가지도 않는 커피 전문점에서 비싼 커피를 그녀에게 사주곤 했고, 형일은 예슬에게는 잘 보여왔기에 예슬은 형일을 꽤 좋은 사람으로 생각하고 있었다.

"부주, 이건 비밀인데요. 음… 뭐 곧 다들 알게 될 소식이긴 한데, 부주는 어차피 기장 먼저 알긴 알게 될 거고……."

"뭔데 그렇게 뜸을 들여요? 비밀 지켜줄 테니까 어서 속 시원히 말해봐요."

형일은 다정하게 말했고, 예슬은 침을 꼴깍 삼키더니 입을 열었다.

"있잖아요, 이건 부주한테도 좋은 기회가 될 수 있는 건데요. 오늘 아침에 전화가 왔었거든요. 방송국 피디한테서요."

천학수는 자신에게 섭외 전화 같은 것이 오면 바로 거절하기가 곤란하니까 일부러 다 매장 전화로 하게 해서 매니저 예슬에게 소식을 전달받았다. 그래서 예슬이 항상 학수보다 소식을 먼저 알고 있었다.

"피디요?"

"네! 번번이 천 사장님이 거절하는데도 방송국 피디들이 연락해 오는 거 보면 참 천 사장님이 대단하시긴 해요. 그쵸?"

"그렇죠. 근데, 피디가 뭐래요?"

평소에 유명세를 얻고 싶어 했던 형일은 방송국 피디라는 말에 얼른 피디의 용건을 물었다.

"이번에 새로운 프로그램 하나 하는데 단기로 시즌제인가 뭔가, 그렇게 요리 프로를 할 건가 봐요. 요즘 먹방 프로에 요리 만드는 프로 엄청 많이 생기고 있거든요. 부주는 텔레비전 볼 시간 없어서 잘 모르죠?"

"못 보긴 하지만 대충 들어서 알고는 있어요. 근데 무슨 요리 프로래요?"

"아, 이게 부주한테 좋다는 게, 사부와 제자가 2인 1조로 같이 나와서 요리 대결을 하는 프로래요. 그 첫 번째 시즌이 중식 요리사들의 대결이고요. 그래서 천 사장님이랑 수제자, 이렇게 2명을 섭외하고 싶대요."

"저까지요?"

형일의 얼굴에 화색이 돌았다.

"네! 지금 수제자가 부주방장님이잖아요!"

예슬이 방긋 웃으며 말했다.

형일은 벌써 머릿속으로 자신이 텔레비전 프로에 나가서 천학수와 함께 요리를 하는 모습을 상상하고 있었다. 그리고 그 대결에서 다른 중식 요리사들을 누르고 우승을 차지하는 모습까지 상상이 이어지자, 저절로 미소가 지어졌다.

"근데, 사장님이 또 거절하실까 봐 걱정이에요. 텔레비전 프로에 나가시는 거 엄청 싫어하시잖아요."

"그렇긴 하시죠."

형일은 씁쓸한 표정을 지으며 말했다. 하지만 예슬이 이번엔 꼭 설득하고야 말겠다면서 형일에게도 힘을 보태달라고 했다.

"사실 요즘 중국집은 좀 이미지가 저렴한 자장면의 이미지가 있잖아요. 중식에 얼마나 다양하고 맛있는 요리들이 많은데. 그러니 이런 프로그램에 나가서 사람들이 잘 모르는 고급스러운 중식 요리들을 보여주면 중국 요리에 대한 이미지도 좋아지고, 또 거기 출연한 요리사들은 이름나서 좋고, 얼마나 좋아요? 안 그래요?"

"맞죠. 아, 역시 우리 매니저님은 정말 똑똑해요."

"호호호. 이렇게 천 사장님을 설득하면 좀 먹힐까요?"

"하하. 네. 이게 바로 현실이죠. 현실을 직시하셔야 할 텐데."

"그럼, 제가 부주랑 사장님 두 분 같이 계실 때 말씀드릴 테니까, 그때 부주도 제 말 거들어주세요. 아셨죠?"

형일은 예슬의 말에 고개를 끄덕였다.

형일은 예슬의 말이 천학수를 설득할 수도 있겠다는 생각이 들었다. 그래서 〈팔선정〉으로 기울었던 마음이 다시 〈아린〉에 머물고 싶은 마음으로 변했고, 오늘 수제자 선발전을 눈으로 직접 확인해 보려고 이렇게 테스트 시간에 맞춰 나타난 것이었다.

형일은 주방에 들어와서 참가자들이 준비해 둔 재료들을 슥 훑어보았고, 별말 없이 의자 하나를 가져와 참가자들이 한눈에 가장 잘 보이는 자리에 앉았다. 뭔가 감시하려는 듯한 그의 태도에 수제자 선발전에 참여하는 주방 식구들은 조금 신경이 쓰였지만, 부주방장이 구경하겠다는데 막을 방도는 없었다.

"자, 다들 준비되셨나요?"

드디어 학수가 주방 문을 열고 들어오며 동시에 말했다.

"네! 안녕하세요."

"안녕하세요!"

수제자 선발전 참가자들은 학수에게 단체로 꾸벅 인사를 했고, 형일도 자리에서 일어나 가볍게 묵례를 했다.

"어? 부주는 왜 왔어? 부주도 다시 테스트 보게?"

학수가 뜻밖의 사람이 와 있자 의아해하며 물었고, 형일은 당당하게 말했다.

"아뇨, 제 후배가 들어올지도 모르니까, 구경 좀 하려고 왔습니다."

학수는 형일의 말에 살짝 미간을 찌푸리더니 그에게 가까이 다가가 형일의 귓가에 낮은 목소리로 말했다.

"지금 이 수제자 선발전은 내 수제자를 뽑는 거지, 네 후배를 뽑는 자리가 아니야."

형일은 학수의 말에 당황해서 얼굴이 빨개지며 아무 말도 못 하고 서 있었다. 학수는 수제자 선발전 참가자들이 괜히 부담스러워서 제 실력을 제대로 발휘하지 못할까 봐도 걱정되었고, 또 괜히 형일이 일부러 참가자들을 방해할까 봐도 걱정이 되었다.

"부주, 참가자들이 안 그래도 떨리는데 부주까지 있으면 더 떨리지 않을까? 그러니까 나중에 결과만 아는 게 어때?"

학수가 이렇게 말하는데, 형일이 학수를 무시하고 구경을 하겠다고 할 수 없었다.

"네, 그렇다면, 뭐. 알겠습니다. 전 그냥 가볼게요."

"결과는 제일 먼저 알려줄게. 그럼, 잘 가."

결국 형일은 쫓겨나다시피 주방에서 나왔고, 다른 참가자들은 형일이 없는 것이 더 나았기에 마음이 조금 편안해졌다.

"자, 이제 테스트 시작하죠. 아, 참고로 오늘 보여주는 3가지 요리가 다 만족스러워야 수제자로 뽑을 거예요. 그러니 모든 요리에 최선을 다해주시기 바랍니다. 조리 시간은 각 요리별로 넉넉히 30분씩 드릴 거고요, 먼저 완성하는 사람 순서대로 요리 시식을 하겠습니다. 그럼, 첫 번째 테스트인 볶음 요리부터 시작해 볼까요? 각자 조리대 앞에 서서 칼 들어주세요."

수제자 선발전에 참가한 다섯 명은 각자의 도마 앞에 서서 칼을 집어 들었다.

"그럼, 시작!"

학수의 입이 떨어지기가 무섭게 주방은 칼질 소리로 가득 채워졌다.

착착착착착.

타다다다닥.

칼판장은 볶음 요리가 칼질 요리는 아니었지만, 자신 있는 게 칼질이니만큼 고운 채를 썰어서 조리하는 요리를 선택했다. 그래서 엄청난 속도로 칼질을 하고 있었는데, 호검 또한 이에 질세라 칼판장 못지않게 빠른 손놀림으로 칼질을 하고 있었다.

유일하게 재석만 칼질을 먼저 하지 않고 찜기를 가져와서 꽃게를 먼저 찌기 시작했다. 볶음 요리를 하는데 게를 찌고 있으니 학수가 다가와서 재석에게 물었다.

"게를 쪄서 뭐 하려고요?"

"찐 다음에 살을 발라서 볶으려고요."

재석이 이렇게 말하면서 두부를 자르기 시작하자, 학수가 또 물었다.

"음, 씨에펀또푸인가요?"

"아, 이건 게살두부볶음입니다."

"그게 씨에펀또푸예요. 중국어로 '씨에펀(蟹粉)'은 게살, '또

푸(豆腐)'는 두부를 말하는 거라서 씨에펀또푸라고 하면 게살
두부란 뜻으로 게살과 두부를 볶은 요리를 말하거든요."

사실 재석은 어떤 레시피를 보고 이 요리를 준비한 것이 아
니라 마파두부를 먹다가 게살을 넣으면 더 맛있을 것 같아서
자신이 만들어본 요리였다. 씨에펀또푸가 정확히 어떻게 만드
는 요리인지는 몰랐지만, 이름은 일단 그의 요리와 같으니 맞
다고 대답했다.

"그럼 그거 맞습니다. 물론 맛은 다를 수도 있지만요."

"새로운 맛의 씨에펀또푸를 맛볼 수 있겠군요. 좋아요."

학수는 고개를 끄덕이며 이번엔 재료들을 콰이로 썰고 있
는 식사장에게로 가서 물었다.

"닭고기, 캐슈넛, 홍고추, 오이, 파……. 꽁빠오지띵(宮保鸡丁)
만드는 거예요?"

"네. 궁보기정이요."

꽁빠오지띵은 닭고기와 땅콩, 매운 홍고추 등을 함께 볶아
낸 매콤한 사천요리였다.

"땅콩 대신 캐슈넛을 준비했군요?"

"땅콩은 좀 딱딱한 감이 있어서 적당히 덜 딱딱한 캐슈넛
을 사용하려고요."

식사장이 학수의 눈치를 슬쩍 보며 조심스럽게 말했는데,
학수는 괜찮은 선택이라는 듯 옅은 미소를 지었다.

학수는 지나다니면서 재료들을 보고 무엇을 만들지 대충 다 아는 것 같았다. 그는 다음으로 호검에게로 왔는데, 호검은 채소를 채 썰다가 갑자기 밀가루로 반죽을 하고 있었다.

"지금 반죽하는 건 뭐 하려고 그래요? 설마… 전병 만들어요?"

"네, 맞습니다."

학수는 이어 호검의 재료들을 쭉 둘러보고는 또 물었다.

"그럼, 춘빙 만드는 겁니까?"

"네. 셰프님의 춘빙이 정말 맛있었거든요."

"오? 그래요?"

학수는 호검이 자신의 춘빙에 사용한 특제 춘장을 어떻게 비슷하게 만들어낼지 궁금했다.

"기대되네요. 춘빙 자체가 여러 가지 손도 많이 가고 소스도 중요한데, 잘해봐요."

"네!"

그사이 칼판장과 튀김장은 나란히 채 썬 재료들을 들고 불 앞으로 직행했다. 가장 먼저 불 앞으로 이동하는 두 사람을 보고 학수가 그들에게로 가서 둘의 재료를 둘러보고는 고개를 갸웃거리며 물었다.

"두 분 재료가 거의 동일하네요?"

학수의 말에 칼판장과 튀김장이 서로의 재료를 쳐다보았다.

양파, 대파, 당근, 표고버섯, 목이버섯, 돼지고기, 죽순까지.

"뭐야? 설마, 나랑 같은 거야?"

튀김장이 깜짝 놀라 눈을 동그랗게 뜨고 칼판장에게 물었다. 칼판장도 조금 놀란 듯싶더니 금세 웃으며 말했다.

"에이, 이닐걸요? 난 볶음 요리 아니거든요."

"볶음 요리를 하라고 했는데 볶음 요리가 아니면 뭘 만들어?"

튀김장은 칼판장의 말을 이해하지 못하고 되물었다. 학수 또한 칼판장이 왜 볶음 요리를 만들지 않을까 궁금한지 그를 쳐다보았다.

"아, 볶음 요리에서 중요한 게 불맛이 나는 거잖아요. 그래서 전 볶긴 볶아서 불맛이 나는데, 결과물은 볶음 요리가 아닌 걸로 준비했어요."

칼판장은 이렇게 말하면서 자기 자리에서 통에 담아온 육수와 어제 면장에게 부탁해서 준비해 둔 면을 가져왔다. 학수가 그걸 보고 눈치를 챘는지 칼판장에게 물었다.

"짬뽕 같은 거 만들려는 건가요?"

"네. 그래도 되죠?"

"그럼요. 좋습니다. 볶음 요리에서 중요한 불맛을 살려서 국물에서 느껴지게 해도 괜찮죠."

학수는 괜찮다면서 잘 만들어보라고 칼판장을 격려했고,

튀김장은 안도했다.

"아, 다행이다. 난 나랑 재료 같아서 깜짝 놀랐네."

"튀김장은 만드는 게 뭔가요?"

튀김장은 웍을 달구더니 자신이 만들어 온 소스를 꺼내 보이며 말했다.

"어향육사요."

어향육사는 채 썬 돼지고기를 어향소스로 볶아낸 요리를 말했다.

"아하! 위썅로우쓰(鱼香肉丝). 그럼 그건 어향소스를 만들어 온 건가 봐요?"

학수가 튀김장이 꺼내 보인 소스를 가리키며 물었다. 어향소스는 생선으로 만든 소스가 아니라 생선을 조리할 때 비린내 제거를 위해 사용하는 소스를 말하는데, 고추, 생강, 마늘, 설탕, 식초, 두반장 등을 섞어 만든 달고, 맵고, 시고, 짭짜름한 소스였다. 튀김장은 그 소스를 집에서 만들어 온 것이었다.

"네!"

"다들 아주 준비를 많이 해 오셨네요. 멋진 요리들이 나오겠어요!"

학수는 수제자 선발전에 최선을 다하는 참가자들을 보고 흡족한 미소를 지었다.

곧 식사장과 호검도 볶을 재료를 들고 불 앞으로 왔다. 식사장은 닭고기와 캐슈넛 등을 가져와서 볶기 시작했고, 호검도 자신이 집에서 만들어 온 특제 춘장소스를 가져와서 춘장고기볶음을 만들기 시작했다. 그런데 아직 재석은 조리대 앞에 있었다. 그는 이제 쪄낸 꽃게를 꺼내 왔고, 꽃게를 쪄내면서 거기에서 나온 국물은 따로 담아놓았다.

호검이 다른 사람들은 다 웍을 돌리며 재료를 볶고 있는데, 재석만 불 앞으로 오지 않자, 걱정이 되는지 재석을 힐끗 돌아보았다.

'저 게살은 언제 다 바른대……?'

호검이 그런 생각을 하는데 재석이 밀대를 가져왔다. 재석이 게의 몸통을 주욱 밀자, 게 몸통의 게살이 밀대에 밀려 바깥으로 쏙 빠져나왔고, 재석은 얼른 그 살들을 그릇에 모아 담았다.

"좋은 방법이네요."

학수는 재석이 게살을 바르는 모습을 보고 한마디 했고, 재석은 씨익 웃어 보였다. 금세 재석은 게살을 다 발랐고, 드디어 다른 참가자들이 불길을 내고 있는 화구로 와서 게살부터 볶기 시작했다.

잠시 후, 가장 먼저 요리를 완성한 사람은 튀김장과 식사장이었다. 둘은 거의 동시에 요리를 완성해서 완성 테이블에 가져다 놓았다.

"완성했습니다."

"완성했습니다."

"수고하셨어요. 어디 봅시다."

볶음 요리에서 불맛을 본다고 했어도, 재료의 모양과 플레이팅은 기본이었다. 재료의 모양이란, 들어간 재료들의 크기나 모양이 고르게, 어울리게 되어 있어야 한다는 것이었다. 어향육사의 경우, '육사(肉丝)'라는 이름이 고기를 가늘게 채 썰었다는 뜻이기 때문에 들어간 재료들이 가늘게 채 썰려 있어야 했다.

또한 반드시 무슨 예쁜 장식을 해야 하는 것이 아니라 깔끔하게, 그 요리에 잘 어울리는 접시를 선택해서 담는 것도 플레이팅이라고 할 수 있었다.

튀김장이 만든 어향육사는 고기와 채소 모두 가늘게 채 썰려서 조화롭게 섞여 있었고, 간단한 데커레이션으로 주변에 반달 모양의 오이가 둘러져 있었다.

반면 식사장의 꿍빠오지띵은 가운데 밥이 있고, 그 주변으로 닭고기와 캐슈넛 등을 볶아 만든 꿍빠오지띵 요리를 둘러 놓았다.

"음, 튀김장도 채 잘 써네요! 식사장님은 담당하시는 거에 맞게 밥과 함께 준비해 주셨고요. 둘 다 먹음직스럽네요. 그럼 이제 맛을 보겠습니다."

학수는 두 사람의 요리를 관찰해 보고는 곧바로 젓가락을 들었다. 튀김장과 식사장은 긴장감에 주먹을 꽉 쥐었다. 학수는 먼저 튀김장의 어향육사를 돼지고기, 표고버섯, 죽순, 양파들과 한 번에 집어 입에 가득 집어넣었다.

학수은 눈썹을 들어 올리며 맛을 보더니 아무 말 없이 물로 입을 헹구고는 바로 식사장의 꽁빠오지띵을 밥과 함께 숟가락으로 떠먹었다.

'뭐지, 맛이 어떤지 말을 안 해주시네⋯⋯. 별로여서 그런가?'

튀김장이 안절부절못하고 있는데, 학수는 식사장의 꽁빠오지띵을 먹고 나서도 아무런 말이 없었다.

그사이 칼판장과 호검, 재석이 요리를 완성해서 완성 테이블로 들고 왔다.

그들은 자신들의 요리를 완성 테이블에 놓고는 식사장의 요리를 먹어본 학수의 반응을 보려고 학수를 물끄러미 쳐다보고 있었다. 그리고 드디어 학수가 입을 열었다.

"다들 수고하셨어요. 먼저 이 두 요리 먹어본 평을 간단히 할게요."

튀김장과 식사장이 침을 꼴깍 삼켰고, 다른 사람들도 궁금한 듯 숨을 죽였다.

"이 어향육사는 재료는 잘 볶아졌고, 불맛도 괜찮습니다만, 어향소스가 좀 달아요. 그리고 어향소스가 좀 많이 들어가서 그런지 짜게 느껴졌어요. 그 점이 아쉽습니다. 아, 물론 아쉽다는 거지 맛이 없다는 건 아닙니다."

학수의 아쉽다는 말에 튀김장의 얼굴에도 아쉬움이 묻어났다.

"식사장님은 역시 식사류에 강하신 것 같아요. 이 꿍빠오지띵은 딱 밥반찬으로 좋네요. 고소한 캐슈넛도 좋고, 아삭한 오이도 좋고요. 매운맛도 입맛을 당기네요."

"감사합니다."

식사장은 옅은 미소를 지으며 감사 인사를 했다.

학수는 이제 칼판장의 짬뽕, 재석의 게살두부볶음, 호검의 춘빙을 맛볼 차례가 되었다.

짬뽕과 게살두부볶음은 오목한 그릇에 단정히 담겨 있었다. 그리고 춘빙은 직사각형의 접시에 담겨 있었는데 왼쪽에는 연둣빛 양상추 잎 위에 짜장면처럼 까맣고 윤기가 도는 춘장고기볶음이, 오른쪽에는 채 썰린 싱싱한 생채소가 놓여 있었다. 살짝 노릇하게 구워진 전병은 부채꼴 모양으로 접혀 따로 작은 직사각형의 접시에 놓여 있었고, 그 바로 옆에는 연한 노란빛의 걸쭉한 소스가 작은 종지에 담겨 있었다.

호검의 춘빙에 따로 추가된 소스가 있자, 요리들의 플레이팅을 관찰하던 학수가 고개를 갸웃거리며 물었다.

"이 소스는 뭐예요?"

다른 참가자들도 궁금한 표정으로 호검을 쳐다보고 있었다. 춘빙은 춘장고기볶음 자체가 소스 역할까지 하는 것이라시 따로 소스는 필요하지 않았기 때문이다.

"아, 이건 제가 춘빙에 더 추가해서 먹으면 좋을 것 같아서 소스를 따로 하나 더 만든 것입니다. 이 소스의 재료는……."

"잠깐. 알겠습니다. 뭐가 들어갔는지는 일단 이따가 맛을 본 후에 듣도록 하죠. 자, 그럼 게살두부볶음부터 시식할게요."

학수는 소스에 들어간 재료를 알게 되면 맛을 예측하게 되고, 그럼 맛을 볼 때 영향을 주기 때문에 일부러 들어간 재료를 말하지 말라고 한 것이다.

학수는 재석의 게살두부볶음을 숟가락으로 뜨며 말했다.

"보기에는 마파두부 같네요."

재석은 찐 게살을 대파 다진 것과 볶아서 불맛을 내고 게살을 찌면서 나온 국물과 고춧가루 등의 양념을 섞어 소스를 만들었다. 그리고 거기에 깍둑썰기한 두부를 넣어 볶아주었는데, 학수의 말대로 보기에는 마치 고기 대신 게살을 넣은 마파두부 같았다.

학수는 우물우물 게살두부볶음을 먹어보고는 알 수 없는

표정으로 바로 다음 요리인 칼판장의 짬뽕을 맛보았다.

재석은 계속 긴장된 표정으로 학수를 뚫어져라 쳐다보고 있었지만 학수는 아랑곳하지 않고 천천히 짬뽕을 맛보았다. 그는 면과 채소를 먼저 먹어보고, 다음으로 국물 맛까지 본 후 대뜸 물었다.

"지금 바로 평할까요, 아니면 이 춘빙까지 먹어보고 한꺼번에 평을 할까요?"

기다리기 힘들었던 재석은 얼른 지금 바로 평을 해달라고 했고, 칼판장도 마찬가지로 지금 평하기를 원했다.

"음, 솔직히 짬뽕이 국물 요리임에도 불맛이 이 중에 가장 많이 나네요. 역시 매운맛이 들어가야 불맛이 더 사는 것 같군요. 그리고 해산물보다 이렇게 돼지고기로 만든 짬뽕이 진한 국물 맛도 나고 좋아요. 막 특별하다고 할 순 없지만 이 정도면 맛있다는 평을 들을 만한 짬뽕이에요."

"감사합니다."

칭찬을 받자 칼판장의 얼굴에 함박웃음이 피어올랐다.

"이 게살두부볶음은, 부드럽고 게를 찌고 나온 국물을 이용해서 그런지 아주 시원하고 고소해서 해물탕을 조려서 소스를 만든 것 같은 느낌이 나네요. 그리고 불맛도 가득해서 풍미가 있고요. 다들 아주 잘하네요."

학수에게 좋은 평가를 받자, 그제야 재석의 얼굴이 펴졌다.

반면 튀김장은 자신의 요리 평에만 학수가 조금 아쉽다고 해서 점점 얼굴에 근심이 어리고 있었다.

튀김장의 표정을 본 식사장이 그를 쿡 찌르더니 슬쩍 귓속말을 했다.

"야, 작년 생각 안 나? 그때 부주한테도 아쉽다는 말 했었는데, 부주가 수제자로 뽑혔잖아. 평은 그냥 평일 뿐이야. 오히려 되게 잘한 요리에 아쉬운 부분을 말씀하시기도 하는 분이라 평가로는 알 수 없어. 얼굴 펴."

식사장의 말에 튀김장은 기억난다는 듯 고개를 끄덕였다.

학수는 의외로 거의 칭찬만 해주고 있었다. 하지만 정말 아주 형편없지 않은 이상 학수는 이 수제자 선발전에서 혹평은 하지 않았다. 수제자 선발전에 뽑히지 않더라도 계속 주방에서 함께 일하는 사람들이기 때문이다. 또한 이 〈아린〉의 주방에 있는 사람들이 대부분 형편없게 요리를 만들진 않았기에 학수는 대부분 무난한 호평을 해주는 것이었다.

드디어 호검의 춘빙을 맛볼 차례가 되었다.

학수는 조심스럽게 춘빙을 접시에 깔고, 생채소와 춘장고기 볶음을 얹은 다음 잘 쌌다.

"저, 이 소스도 넣어서 드시는 거예요."

호검이 연노란빛 소스를 가리키며 말하자, 학수가 빙긋 웃으며 말했다.

"일단 소스 없이 전통적인 춘빙 맛을 보려고 그래. 이거부터 먹고 나서 비교를 해봐야지."

"아, 네."

학수가 잘 만 춘빙을 한입 크게 베어 물었다.

학수가 입을 오물거릴 때마다 생채소가 씹히는 아삭아삭 소리가 들렸다.

주변의 다른 참가자들은 그 소리에 춘빙이 먹고 싶어졌는지 침을 꿀꺽 삼켰다.

그런데 갑자기 학수가 눈이 휘둥그레져서는 고개를 홱 돌려 호검을 쳐다보았다.

다른 참가자들은 호검이 뭘 잘못했나 싶어 학수와 호검을 번갈아 쳐다보며 의아해했는데, 학수가 갑자기 젓가락을 다시 들더니 춘장고기볶음만 따로 맛을 보았다.

우물우물.

"아니, 이 춘장고기볶음 맛이……!"

학수는 놀라워하며 잠시 말을 잇지 못했고, 호검은 자신의 예상과 같은 학수의 반응에 속으로 기뻐하고 있었다.

'좋았어! 저렇게 놀라시는 걸 보면!'

곧 학수는 입에 넣은 춘장고기볶음을 꿀꺽 삼키고 나서 입을 열었다.

"으음. 화 조리법을 제대로 할 줄 아는군요. 고기가 부드럽고 아주 맛있네요. 아까 보긴 했는데, 만드는 것도 제대로였고, 맛도 제대로네요. 그러면서 다른 채소들은 불맛 나게 잘 볶아졌고요."

호검은 학수가 당연히 춘장은 어떻게 만든 것이냐, 내가 만든 춘장과 맛이 비슷하다, 이런 말을 할 줄 알았는데, 학수가 갑자기 춘장에 대한 얘기가 아니라 다른 말을 하자 어리둥절해했다.

'어? 맛이 다른가? 이게 아니었나?'

호검의 표정이 잠시 아리송해졌다. 그리고 그는 화 조리법이라는 걸 몰랐기에 그에게 되물었다.

"네? 화 조리법이요? 그게 뭔데요?"

"허허허. 화 조리법도 모르면서 어떻게 화 조리법을 그대로 했죠? 화 조리법이란, 낮은 온도의 기름에서 살짝 데치듯이 재료를 익혀내는 조리법을 말해요. 이렇게 조리하면 고기가 굉장히 부드럽죠. 춘장고기볶음에 들어가는 고기는 그렇게 익혀야 하거든요. 근데, 정말 화 조리법 몰라요?"

학수는 희한하다는 표정으로 호검에게 재차 물었다.

"네, 전 저번에 사장님께서 춘장고기볶음 하시는 거 보고 그 방식 그대로 따라 한 거거든요."

"그대로 따라 했다? 그때, 제대로 본 건 한 번밖에 없지 않았어요?"

"네, 그 고기를 익히시는 방법이 특이해서 기억에 남았었나 봐요."

호검의 말에 학수는 입사 테스트 때 생선을 국화 모양으로 튀기는 걸 한 번만 보여주고 따라 만들게 시켰던 것이 생각났다.

'맞아, 그때도 한 번 보고 그대로 따라 했어. 근데 이렇게 디테일까지 다 기억하는 사람이 없는데, 볼수록 정말 타고난 요리사 같단 말이야…….게다가, 내 춘장을…….'

학수는 화 조리법에 대해서만 말을 꺼냈지만, 실은 춘장고기볶음의 맛에 더욱 놀란 상태였다. 물론 그가 놀란 건 호검의 춘장고기볶음이 자신이 만든 것과 맛이 거의 흡사했기 때문이다. 아니, 이건 맛이 똑같았다.

'내가 이 비법을 알려준 적이 없는데, 설마 이번에도 또 맛만 보고 만들어낸 건가?'

학수는 춘장고기볶음 맛에 대해 말하려다가 다른 참가자들은 이 사실을 모르는 것이 나을 것 같아서 말하지 않았다. 혹시라도 학수가 가르쳐 줬다고 의심할 수도 있고, 그렇지 않더라도 호검이 똑같은 맛의 춘장을 만들 수 있다면 다른 사람들이 호검에게 그 비법을 가르쳐 달라고 할 수도 있었다.

호검은 막내이니 가르쳐 줄 수밖에 없을 것이고, 그렇다면 이 특제 춘장 소스는 더 이상 특제 소스가 아닌 것이 되어버린다.

이로써 학수는 점점 더 호검을 수제자로 뽑아야 할 이유가 많아져 가고 있었다.

'만약 이 아이를 수제자로 들여서 내 비법 레시피들을 알려 준다면 분명 금세 날 뛰어넘을 거야…….'

사실 호검이 그의 요리를 먹어보고 똑같은 맛을 만들어내는 것이 어떻게 보면 학수에게는 위협이 되는 일일 수도 있었다. 금세 학수의 요리 레시피들을 습득해 버릴 테니까 말이다.

'만약 이 아이를 수제자로 안 뽑는다면 이 아이를 내쳐야 하겠지……. 내 레시피들이 이 아이의 손에서 다 드러나게 될 테니까…….'

이런 생각들로 학수의 표정이 점점 심각해지고 있었는데, 옆에서 호검이 눈치를 보다가 슬쩍 말했다.

"저… 이제, 여기 이 소스를 넣어서 드셔보세요."

호검의 말에 학수가 고뇌에서 급히 빠져나왔다.

"어어! 먹어봐야지."

학수는 이번엔 전병에 춘장고기볶음과 생채소, 그리고 호검이 만든 연노란빛 소스를 발라 싸서 먹어보았다. 그리고 이번엔 눈을 깜빡이며 호검을 쳐다보았다.

"새콤하고 고소한데, 톡 쏘는 맛까지 있네요? 겨자를 넣은 건가요?"

"네, 맞습니다. 자칫 느끼할 수도 있는 맛을 잡아주기 위해 톡 쏘는 맛이 있으면 좋겠다고 생각했습니다."

"현명한 판단이네요. 보통 여자들은 새콤한 걸 좋아하죠? 여자분들은 이 소스 같이 나오면 무조건 이걸 넣어서 먹을 것 같네요."

"감사합니다."

학수는 이번엔 요리의 맛을 업그레이드시키는 아이디어에 놀랐다.

학수가 다시 겨자소스를 찍어 먹어보며 호검에게 또 물었다.

"원래 소스 개발을 잘하나요?"

"아, 네. 뭐……."

그때, 재석이 중얼거리듯 말했다.

"역시 이태리 요리를 잘하니까……."

"이태리 요리요? 이태리 요리 잘해요?"

학수의 귀가 밝았던 것인지 재석이 혼잣말을 너무 크게 한 것인지, 아무튼, 학수가 재석의 말을 듣고는 호검을 쳐다보며 물었다.

"이태리 요리를 좀 했었어요."

호검은 이태리 요리를 어디서 배웠냐고 물을까 봐 가슴이 조마조마했다. 호검이 거짓말을 잘 못하기 때문에 쿠치나투라 요리 학원 이야기가 나온다면 호검이 누군지 학수가 알게 되는 것은 시간문제일 테니까 말이다.

"아하. 이태리 요리를 해서⋯⋯."

학수는 오히려 호검이 이태리 요리를 배웠었다는 것에 안도했다. 이전에 배운 요리들이 있어서 지금 중국 요리를 빨리 배우는 부분도 있을 것이니, 완전 타고난 천재는 아니구나 싶어서 뭔가 인간적이라고 느껴진달까.

학수는 이제 박수를 두 번 치며 말했다.

"자, 이제 다음 요리 테스트로 들어가겠습니다! 다음 테스트 아시죠? 튀김 요리입니다."

"네!"

튀김장은 튀김 요리에 가장 자신이 있었기에 활짝 웃으며 가장 활기차게 대답했다.

"튀김 요리는 바삭함이 생명인 거 아시죠? 소스와 함께 섞어두어도 바삭함은 살아 있어야 진짜 튀김입니다. 아, 여러분 찍먹 아시죠?"

학수가 튀김 요리 이야기를 하다가 갑자기 찍먹 이야기를 꺼냈다.

"탕수육을 소스에 찍어 먹는 거 말씀이세요?"

"맞아요, 그거. 원래 탕수육은 무조건 소스에 버무려서 나가는 게 맞아요. 그래도 튀김의 바삭함이 살아 있어야 하죠.

그런데 요즘은 바삭하게 잘 못 튀기니까 소스를 부어서 섞으면 눅눅해지고, 그래서 찍먹이 생겨난 거죠. 바삭함을 즐기는 사람들이 어쩔 수 없이 소스를 찍어 먹게 된 거라고 할 수 있죠. 부어서 섞으면 눅눅해서 튀김의 바삭한 맛이 없어지니까요."

"저도 그래서 찍먹이었는데, 우리 튀김장님이 해주시는 찹쌀탕수육은 부먹입니다!"

재석이 긴장이 좀 풀렸는지 웃으며 큰 소리로 말했다. 그러자 다들 동조했고, 튀김장은 어깨를 으쓱거렸다.

"하하. 맞습니다. 튀김장님 솜씨가 좋으시죠. 오늘 그 솜씨를 또 볼 수 있겠네요! 자, 바삭한 튀김 요리들 기대하겠습니다."

참가자들은 이제 다시 자신의 조리대로 이동해서 바로 튀김 요리 재료를 준비하기 시작했다.

재석은 튀김 요리에 그다지 자신이 없었기에 안전하게 아예 바삭한 재료와 소스도 적게 섞는 요리를 선택했다. 그는 냉장고에서 무언가를 꺼냈다.

"오, 이번에도 게를 쓰네요? 게 요리 실력자인가 봐요."

재석의 요리는 공교롭게도 또 게로 만드는 요리였다.

"아하하하. 그래도 이건 꽃게가 아니고 소프트크랩이에요."

소프트크랩은 육즙이 많고 살이 달콤하기로 유명한 블루크랩이 허물을 벗기 전에 어획하여 수입되는 게였다.

"아, 소프트크랩! 튀기면 맛있죠. 아, 튀겨서 맛없는 건 없나? 신발도 튀기면 맛있다는 말이 있던데."

재석을 포함한 다른 참가자들 모두 학수의 말에 공감하며 웃었다.

재석이 만들고자 하는 건 바로 깐풍소프트크랩 요리였다.

원래 깐풍꽃게라는 요리가 있는데, 재석은 딱딱하지 않고 바삭하기만 한 게 튀김을 만들려고 여기에 쓰는 꽃게 대신에 꽃게보다 껍질이 조금 더 부드러운 소프트크랩을 준비했다. 또한 게 튀김은 껍질 때문에 무조건 바삭하고, 또 깐풍소스는 걸쭉하게 완전히 다 입히는 소스가 아니라서 이 바삭함 유지에 좋았기 때문에 이 요리를 만들려는 것이었다.

칼판장은 자신의 칼 솜씨를 이번 선발전에서 맘껏 발휘하려는지 농어 한 마리를 가져와서 포를 뜨기 시작했다.

식사장은 옥수수 캔을 가져왔고, 튀김장은 닭고기를 다지고 있었다.

"음, 다들 다 다른 재료들로 튀김 요리를 준비했네요."

학수가 다른 참가자들을 다 돌아보고 호검에게로 왔는데, 호검은 무슨 밀가루 반죽으로 모양을 만들고 있었다.

"오늘 반죽하느라 바쁘네요. 근데, 주재료는 뭐예요? 이 반죽?"

그러자 호검이 자신이 만들고 있던 밀가루 반죽을 완성해서 학수에게 보여주었다.

"주재료는 바로 이겁니다."

호검이 빙긋 웃으며 내민 반죽은 새우 모양이었다. 그러자 학수가 고개를 갸웃거리며 다시 물었다.

"응? 새우라는 건가요, 아님 이 반죽이 주재료라는 건가요?"

"둘 다 맞습니다. 이 반죽을 쪄내서 만터우(중국에서 주식으로 먹기도 하는 빵)를 만들 거고요, 그 만터우로 멘보샤를 만들 거예요."

멘보샤는 빵 사이에 다진 새우 살 등을 넣어 튀겨 먹는 요리였다.

"오, 멘보샤를 만들 거군요. 바삭하고 고소해서 튀김의 장점을 제대로 보여줄 수 있는 요리죠. 보통 우리나라에서는 식빵을 써서 만드는데, 직접 만터우 빵을 만들어서 하려고 하다니, 노력이 좋네요. 근데 설마 이 새우 모양으로 만들 건가요?"

"아, 이건 장식용으로 만들어본 거예요. 멘보샤에 쓸 건 여기 이 찐빵 모양의 만터우예요."

호검이 옆에 동그랗게 찐빵 형태로 만들어놓은 만터우를 가리켰다.

"만터우는 원래 중국 산시성 지역의 전통 음식인데, 동물 모양의 만터우를 만들어서 제사를 지냈죠. 제사가 끝나면 동물 모양의 만터우를 꼬치에 꽂아서 들고 다니며 먹기도 했고요. 그걸 알고 만든 건가요?"

"아하. 지금 알았습니다. 전 그냥 장식으로 쓰면 좋을 것 같아서 해본 건데……."

"아무래도 좋습니다. 그럼 맛있는 멘보샤 기대하죠."

"네!"

호검은 만터우를 곧바로 찜기에 넣었고, 이어 만터우 빵 사이에 넣을 새우 살과 대파를 다지기 시작했다.

다그닥 다그닥. 다그닥 다그닥.

양손에 중식칼을 들고 약간 엇박으로 칼을 두드리자 도마에서는 말발굽 소리가 났다. 튀김장도 아까부터 닭고기를 다지고 있었는데, 호검까지 다지기를 시작하자 신나게 달리는 말발굽 소리가 온 주방에 울려 퍼졌다.

이 소리를 들은 식사장이 재밌다는 듯 말했다.

"이거 무슨 경마장 온 거 같은데?"

"그러게요. 하하하."

재석도 소프트크랩을 자르며 고개를 끄덕였다. 이에 호검과 튀김장은 서로를 쳐다보며 더 신나게 칼을 두드려 각자의 재료들을 다져 나갔다.

칼판장은 이런 소란스러운 분위기에는 아랑곳하지 않고 포를 뜬 농어에 집중해서 칼집을 내고 있었다. 그도 그럴 것이 지금 칼판장이 만들려고 하는 요리가 바로 국화생선이었기 때문이다. 이건 호검이 입사 테스트에서 학수가 한 번만 보여주고 따라 만들어보라고 했던 바로 그 요리였다.

학수는 칼판장이 농어에 칼집을 내는 것을 보고 바로 국화생선을 만든다는 것을 알아챘다.

"오, 국화생선 만드는 군요! 이건 칼질 요리에서 해도 될 법한 요린데. 역시 칼판장이라서 이걸 선택했나 보군요."

"네."

칼판장은 매우 집중한 상태라서 간단히 대답했다. 칼판장은 역시 칼판장이어서 국화꽃 모양이 날 수 있도록 꽃잎이 될 부분은 가늘게 잘 썰어냈고, 껍질 부분은 자르지 않아서 껍질에 꽃잎이 될 가는 살들이 잘 붙어 있었다.

이번 튀김 요리 테스트에서는 재석이 가장 먼저 4등분한 소프트크랩을 가지고 화구 앞으로 갔다. 그는 기름을 웍에 가득 붓고 기름이 적정한 온도로 끓어오르는 동안 소프트크랩에 전분을 묻혔다.

튀김의 관건은 기름의 온도를 잘 맞추는 것이기 때문에 그는 전분을 조금씩 뿌려보며 기름 온도를 체크했다. 그리고 곧 온도가 맞춰졌다고 생각했는지 전분을 묻힌 소프트크랩을 하나씩 재빨리 기름에 넣기 시작했다.

지글지글.

소프트크랩을 튀기기 시작하자 게를 튀기는 소리와 고소한 게의 향이 풍겨져 나오면서 식욕을 자극했다.

"와, 냄새 봐……."

식사장이 자신의 요리를 하다 말고 숨을 크게 들이마시면서 중얼거렸다. 식사장은 사실 튀김 요리에 가장 약했기 때문에 걱정을 하고 있었는데, 재석이 소프트크랩을 튀기는 냄새에 더 걱정이 되었다.

'나도 게 튀김을 할 걸 그랬나?'

그가 준비한 튀김 요리는 옥수수를 입힌 소고기 빠스였다. 저번에 튀김장이 가르쳐 준 빠스옥수수를 응용한 요리인데, 이것 역시 설탕 코팅을 해서 튀김의 바삭함을 살리려는 의도로 선택한 요리였다. 식사장은 걱정스러운 표정으로 소고기에 전분 물을 묻혔다.

한편 학수는 재석이 소프트크랩을 튀기는 모습을 관찰하기 위해 그에게로 다가갔다. 그때, 칼판장도 국화생선을 튀길 준비가 다 되었는지 화구로 다가와서 기름을 끓이기 시작했다.

그리고 이어 다른 참가자들도 다들 와서 기름을 끓였고, 곧 기름에서 맛있는 재료들이 튀겨지는 고소한 냄새가 진동했다.

"오, 역시 튀김장은 완자를 손으로 만드는 기술을 쓰네요!"

참가자들을 관찰하던 학수가 튀김장이 양손을 사용해서 완자 모양을 만들어 곧바로 기름에 투하하는 모습을 보고 말했다.

그런데 그때, 식사장이 뭔가 잘못되었는지 체로 자신이 튀기던 옥수수를 입힌 소고기 튀김을 한 번에 걷어내 쓰레기통에 탁 털어 넣었다. 학수는 얼른 식사장에게로 가서 방금 쓰레기통에 털어 넣은 튀김을 들여다보았다.

"아, 이거 기름 온도 조절이 안 되어서 타버렸군요……. 옥수수 입힌 소고기 튀김은 더 낮은 온도에서 튀겨야 해요. 금방 익어버리니까요."

"네. 다시 만들겠습니다!"

식사장은 인상이 굳어져 있었지만, 그래도 끝까지 최선을 다하겠다는 각오로 조리대로 이동했다. 다른 사람들도 이제 거의 튀김을 건져낼 때가 되어가고 있었는데 식사장이 튀김을 태웠다고 하자 긴장하여 자신들의 튀김을 언제 건져야 할지 뚫어져라 기름을 쳐다보았다.

잠시 후, 재석과 튀김장, 칼판장이 거의 동시에 튀김 요리를 완성했다. 식사장은 다시 만드느라 시간이 더 걸렸고, 호검은 낮은 온도로 천천히 튀기느라 조금 더 시간이 걸리고 있었다.

"자, 어디 세 사람 튀김부터 맛을 봅시다."

재석은 식초, 설탕, 간장, 홍고추. 풋고추 등을 넣어 만든 깐풍소스에 소프트크랩 튀김을 버무려 커다란 둥근 접시의 한가운데에 소복이 담아냈다.

"깐풍소스를 사용한 요리들은 튀김의 사이사이에 보이는 고추들의 색 조화가 이쁘죠."

학수는 빙긋 웃으며 재석의 깐풍소프트크랩부터 시식을 했다.

"음, 소프트크랩이 바삭하니 좋은데요, 깐풍소스가 적어서 싱겁네요. 소스가 더 많아도 될 뻔했어요. 여기 보면 소스가 덜 묻어 있는 곳도 많죠?"

"아, 네."

재석은 소스가 많아지면 튀김의 겉이 축축해져 바삭함이 떨어질까 봐 소스를 적게 했는데, 그래서 요리 자체의 조화가 안 맞게 되었던 모양이었다. 재석은 조금 아쉬운 듯한 표정을 지었고, 학수는 다음으로 튀김장의 닭고기표고완자를 먹어보려고 젓가락을 들었다.

닭고기와 표고를 함께 다져서 완자를 만들어 튀긴 다음 그 위에 소스를 조금씩 얹어놓은 모습이었다. 소스는 매우 걸쭉하고 고추기름을 넣어 붉은 기가 돌았다.

"아까 이게 빵가루랑 마늘 다진 걸 튀긴 거랬죠?"

학수가 완자 위에 얹어진 걸쭉한 소스를 가리키며 물었다.

"네. 맞습니다. 빵가루와 마늘 다진 걸 함께 튀긴 다음 거기에 고추기름을 사용한 매콤한 소스가 스며들게끔 만들어서 완자 위에 올린 것입니다."

"빵가루와 마늘 다진 걸 안 타게 튀기는 게 쉽지 않은데 튀김장답게 노릇하게 잘 튀겨냈네요. 빵가루와 마늘을 굳이 그렇게 튀겨서 소스에 넣어야 할 이유는 잘 모르겠지만……."

학수는 고개를 갸웃거리며 말끝을 흐리더니 완자의 소스가 안 묻은 쪽을 숟가락으로 조금 잘라 완자의 맛만 먼저 보았다.

"표고 향도 나고 닭고기는 부드럽고 겉은 바삭하고. 잘 튀겼네요, 역시."

"감사합니다."

튀김장이 두 손을 맞잡으며 좋아했다. 학수도 만족스러운 표정을 짓더니 이번엔 소스가 묻은 나머지 완자를 입에 쏙 넣었다.

그런데 계속 온화한 미소를 짓고 있던 학수의 인상이 살짝 찌푸려졌다.

"으음. 이거 소스가 느끼함을 잡아줘야 하는데, 느끼함을 더해주는데요……. 튀김 요리에 튀긴 재료들로 만든 소스인데다가 고추기름도 매운맛 기름이니……. 새콤한 맛이 나긴 하는데, 느끼함을 잡기엔 역부족이네요."

소스에 대해선 혹평이었다. 튀김장은 나름 혼자 연구해서 튀김을 바삭하게 유지시키려고 걸쭉한 소스를 개발한 것이었는데, 오히려 잘된 튀김에 안 좋은 영향을 끼친 것 같자 후회를 했다.

'아, 서서 그냥 탕수소스 뿌릴 걸 그랬나? 아님 유린기소스를 했으면…… 괜히 소스를 개발하려고 해서는……'

이번엔 칼판장의 국화생선 차례였다. 칼판장은 그 짧은 시간에 무로 하얀 국화까지 뚝딱 만들어 접시의 한가운데에 놓았고, 그 주변으로 주황색 탕수소스에 버무린 국화생선을 둥글게 둘러놓았다.

"칼판장 실력이 많이 늘었네요."

학수는 먼저 칭찬을 해주고는 국화생선 하나를 집어 입에 넣었다. 그런데 씹는 그의 입속에서 바삭한 소리가 하나도 나지 않았다.

"음, 혹시 이거 소스를 잘 묻게 하려고 좀 오래 소스와 볶았나요?"

"아, 네…… 이게 국화잎 사이사이에 소스가 잘 묻으라고……"

"굳이 그러지 않아도 되는데. 대신 국화생선을 조금만 더 오래 튀기지……"

"아……"

칼판장은 낮게 탄식했다. 튀김 요리가 역시 볶음 요리보다 어려운 것인지, 다들 지적을 면치 못하고 있었다. 그리고 이제 호검과 식사장이 각자의 요리를 가지고 완성 테이블로 왔다.

"오, 식사장, 잘 완성했어요? 빠스를 만든 거군요. 겉에 설탕을 실처럼 한 건 꽤 괜찮네요. 달콤한 빠스일 테니까 마지막에 먹을게요. 먼저 막내의 멘보샤를 먹어볼게요……."

호검의 접시에는 가운데 진짜 새우 한 마리를 튀긴 것과 만터우로 새우 모양을 만든 후 튀겨낸 가짜 새우 한 마리가 서로 머리를 맞대며 세워져 있었고, 그 아래는 토마토와 양파 등이 들어간 소스가 놓여 있었다. 그리고 그 주변을 둘러 네모난 큐브 모양의 황금빛 멘보샤가 예쁘게 놓여 있었다.

"멘보샤 잘 만들었네요! 이게 빵이라서 타기 쉬워서 낮은 온도에서 잘 튀겨야 하는데. 자칫하다가는 금방 타버리거든요. 사이에 새우 다진 것도 과감하게 많이도 채워 넣었네? 우리는 멘보샤 메뉴를 안 하지만, 다른 중식당에서 멘보샤 먹어보면 이 사이에 새우가 이 정도로 많이 안 들어가 있거든요. 새우 다진 걸 많이 넣어서 거의 정육면체가 됐어요. 하하하."

"제가 먹어보니까 새우 다진 게 이 정도는 들어가야 바삭한 이 겉의 만터우 튀김과 조화를 이루더라고요. 그래서 가득 넣었습니다."

"맛있겠네요. 근데 이 소스는 뭔가요?"

"이게 처음에 먹을 때는 그냥 먹어도 맛있는데, 튀김이란 게 먹다 보면 점점 느끼한 맛이 나기도 하잖아요. 그래서 토마토 소스를 곁들여 봤습니다. 사실 소스라기보다는 곁들여 먹는 샐러드 비슷한 거예요."

호김은 토마토 살사소스에서 매운맛의 고추만 빼고 토마토 소스를 만들었다. 이건 작은 네모로 썬 토마토와 양파, 다진 마늘과 오이피클에, 레몬즙과 고수를 조금 넣고 소금, 후추로 간해서 만든 소스였다.

학수는 일리가 있다는 듯 고개를 끄덕이더니 먼저 멘보샤 튀김만 한 입 베어 물었다.

바삭.

학수가 멘보샤를 한 입 베어 무는데 벌써 바삭한 소리가 터져 나왔다.

그리고 그가 멘보샤를 씹을 때마다 그의 입에서는 바삭한 소리가 계속해서 새어 나왔다.

바삭. 바삭.

다른 참가자들은 맛있는 소리에 침을 꼴깍 삼키며 학수가 무슨 말을 할지 그를 쳐다보고 있었다.

학수는 오늘 처음으로 눈을 감고 맛을 천천히 음미하더니 천천히 눈을 떴다.

'이건 정말… 완벽한 맛이야.'

바삭한 만터우 빵은 식빵보다 담백한 맛이라서 튀겼음에도 느끼하지 않았고, 튀긴 만터우는 바삭하고, 그 사이의 새우살은 부드러웠는데, 또 중간중간 탱글하게 터지는 새우 알갱이들도 씹혔다. 그리고 새우의 단맛과 대파의 또 다른 단맛이 감칠맛을 더해주었다.

'저 아이는 도대체, 어떻게……'

학수는 일단 아무 말 없이 호검을 빤히 쳐다보다가 이번엔 토마토소스를 숟가락으로 퍼서 남은 절반의 멘보샤에 얹어 입에 넣었다.

바삭바삭. 아삭아삭.

바삭한 튀김과 아삭한 채소가 맛있는 소리를 만들어내고 있었다.

학수는 멘보샤 맛을 다 본 후 드디어 입을 열었다.

"여러분, 배고프시죠? 이 멘보샤 하나씩 맛보세요."

그가 대뜸 호검의 멘보샤를 다른 참가자들에게 먹어보라고 제안했다.

갑자기 학수가 호검의 멘보샤를 먹어보라고 권하자 다른 참가자들은 의아해했지만, 안 그래도 군침이 돌던 참이라 얼른 하나씩 집어 맛을 보기 시작했다.

바삭. 바삭.

바삭한 씹는 소리가 온 주방에 퍼지더니, 이어 감탄사가 여기저기서 터져 나왔다.

"와! 바삭하고 고소하고 부드럽고. 이거 입안에서 난리네!"

"이거 정말 맛있는데? 식빵이 아니라 만터우로 해서 그런 가?"

"이기 다른 중식당 가면 새우 이렇게 많이 안 채워주는데 확실히 이렇게 꽉꽉 채우니까 훨씬 맛있다."

호검은 다른 사람들의 반응에 활짝 웃어 보였다.

"맛 괜찮아요?"

"괜찮은 정도가 아니야. 진짜 맛있어."

재석도 웃으며 호검의 어깨를 두드렸다. 재석은 호검이 기특해 보이는 모양이었다. 그리고 학수도 옆에서 미소를 짓고 서 있다가 한마디 했다.

"정확히 표현하자면, 지금까지 내가 먹어본 국내의 다른 어느 식당에서의 멘보샤보다 이게 더 맛있습니다. 그래서 여러분들한테 맛보라고 한 겁니다."

학수가 저렇게 말할 정도라니. 다른 참가자들은 학수의 말에 호검이 만든 멘보샤가 얼마나 맛있는지를 실감했다.

"토마토소스도 멘보샤와 굉장히 잘 어울리니 같이 드셔보세요."

학수는 토마토소스까지 먹어보라고 추천했고, 소스를 먹어본 참가자들은 고개를 끄덕였다. 식사장은 이 선발전이 절대

평가이긴 하지만 호검의 대단한 멘보샤 다음에 자신의 요리를 맛보게 된 것이 비교가 많이 될까 봐 걱정이 되고 있었다.

멘보샤의 시식이 끝나자 학수는 이제 튀김 요리의 마지막인 식사장의 옥수수를 입힌 쇠고기빠스를 맛보았다.

"겉에 입혀진 달콤한 설탕이 바삭하고 옥수수의 알이 톡톡 터지는 맛이 괜찮네요."

식사장이 학수의 괜찮다는 평에 안도했지만 학수가 곧바로 이어서 말했다.

"그런데, 밀가루 맛이 좀 나네요. 아까 태워서 일부러 조금 덜 익은 상태로 꺼낸 것 같은데……."

"아, 네. 탈까 봐 걱정이 돼서……."

식사장은 멋쩍은 표정을 지었다.

"뭐, 조금만 더 튀겼으면 더 맛있었을 겁니다. 자, 그럼……."

드디어 오늘 수제자 선발전의 마지막인 칼질 요리를 만들 차례가 되었다.

7. 수제자 선발전 II

"칼질 요리는 결과물만 보면 칼질을 잘했는지 알 수 있을 테니, 전 잠시 나갔다 올게요. 마음 편히 칼질하시면 됩니다. 아, 그리고 아까 볶음 요리들은 제가 좀 가져갈게요. 호검아, 네가 이 요리들 가져가는 것 좀 도와줘. 한 번에 가져가려면 손이 모자라니까. 다른 분들은 잠시 쉬고 계세요. 호검이가 오면 다 함께 시작하시면 됩니다."

학수는 시험 참가자들이 긴장해서 칼질을 못할까 봐 일부러 자리를 피해주는 것이기도 했고, 이렇게 볶음 요리들을 가져가서 호검의 춘빙을 다른 참가자들이 먹어보지 못하게 하려는 의도도 있었다.

호검은 학수를 따라 볶음 요리들을 들고 사장실로 향했다. 학수는 앞장서서 걷다가 사장실 문 앞에 다다르자 갑자기 호검을 휙 돌아보더니 목소리를 내리깔고 그의 이름을 불렀다.

"호검아."

"네?"

"춘장고기볶음의 춘장 말이야."

호검은 학수가 드디어 춘장고기볶음에 대해 말을 꺼내자 긴장한 채 학수를 쳐다보았다.

"그거 내가 만든 특제 춘장이랑 맛이 똑같던데. 어떻게 알아냈니?"

"아, 그게……. 저번에 그 특제 춘장이 들어 있던 유리병에 조금 묻은 춘장을 먹어보고 알았어요. 물론 한 번에 다 안 건 아닌데, 여러 번 이것저것 넣어보면서 비슷한 맛이 나게 하려고 노력했더니 한 3번째인가에 비슷하게 만들 수 있었어요."

"아무한테도 만드는 법 알려주지 마. 그거 당부하려고 요리들 들고 따라오라고 한 거야."

"네, 알겠습니다."

학수는 다시 휙 돌아 사장실 문을 열고 안으로 들어갔고, 호검은 얼른 따라 들어가서 요리들을 테이블에 내려놓았다.

"그럼 마지막 요리도 잘해봐. 가봐. 주방에 들어가면 바로 시작하면 된다고 해. 난 30분쯤 후에 다시 내려간다고 전해주고."

"네!"

호검은 얼른 사장실을 나와 주방으로 돌아왔다. 그가 다시 주방으로 돌아오자 다른 참가자들은 잠시 수다를 떨고 있었다.

"아, 이번 튀김들은 다들 힘들었어. 그치?"

"네. 근데 멘보샤는 참 맛있더라고요."

식사장의 말에 칼판장이 대꾸했다.

"어, 호검이 벌써 왔네!"

"네. 천 셰프님이 마지막 요리 시작하래요. 셰프님은 30분 후에 오신다고요."

"오케이. 다행이야. 아까 튀김 요리 하는데 사장님이 지켜보고 있으니까 막 더 잘 안되더라고."

"맞아요. 너무 긴장돼요."

재석도 맞장구를 치며 자신의 조리대로 향했고 다른 사람들도 각자의 조리대로 돌아가서 칼질 요리를 시작했다.

재석은 가장 먼저 오이를 준비했다. 그리고 식사장은 닭가슴살을 가져왔고, 칼판장은 이번에도 생선포를 떴다. 호검은 닭가슴살, 불린 표고버섯, 겨울죽순, 훈제돼지고기햄을 가져와서 종잇장처럼 얇게 썰기인 피엔을 했고, 튀김장은 오징어를 가져와 슥슥 칼집을 넣기 시작했다.

다다다다닥.

스윽. 스윽.

착착착착.

주방에는 다양한 칼질 소리 외에는 아무 소리도 나지 않고 조용했다. 다들 마지막 과제니만큼 더욱 집중해서 요리를 만들고 있다는 걸 느낄 수 있었다.

그사이 학수는 사장실에서 다시 한번 호검의 춘빙을 맛보며 고민에 빠져 있었다.

'아, 천재적인 솜씬데. 재능도 있고, 노력도 하고. 인성 검증만 끝내면 될 텐데…… 칼질 요리 대신 인성 테스트를 한다고 할 걸 그랬나? 근데, 인성 테스트를 어떻게 하느냔 말이지……. 내 레시피를 유출하지 않아야 하는데.'

학수는 형이 레시피를 유출한 일로 재능만 있어서는 수제자로 삼을 수 없다고 생각하고 있었다.

'아, 근데 진짜 이 개발했다는 소스까지 춘빙에 넣어 먹으면 정말 더 맛있단 말이야.'

학수가 전병을 깔고 그 안에 춘장고기볶음과 생채소를 넣은 다음 호검이 개발한 연노란빛 소스를 채소 위에 뿌렸다. 그리고 잘 싸서 입으로 넣으려는데, 마침 그의 휴대폰 벨이 울렸다.

학수가 춘빙을 내려놓고 휴대폰을 꺼내 누구인지 확인하더니 빙긋 웃으며 전화를 받았다.

"어이, 최 원장!"

―천 사장! 하하하. 오랜만이야.

전화를 건 주인공은 쿠치나투라 요리 학원의 원장 최민석이었다.

"그러게. 요즘 학원은 잘되고?"

―뭐, 점점 더 원생은 많아지고 있어. 근데, 오늘 쉬는 날 맞지?

"아, 맞는데, 난 안 쉬어. 지금 수제자 선발전 하는 중이거든."

―그래? 그럼 끊을까?

"아니야. 내가 보고 있으면 긴장하는 것 같아서 난 잠깐 사무실에 와 있어."

―수제자로 뽑을 만한 사람은 있는 것 같아?

민석도 학수의 수제자 선발에 관심이 있는지 슬쩍 물었다.

"음, 천재적인 애가 하나 있긴 한데……."

―오, 그래? 얼마나 천재적이기에 우리 천 사장 눈에 들었대?

"진짜 천재야. 나이가 26살밖에 안 됐는데, 음식을 먹어보면 그 맛을 엄청 잘 알아낸다니까. 게다가 중식은 해본 적도 없는데 그런 거야. 보고 금방금방 따라 하고 말야. 정말 신기할 정도라니까. 심지어 여기 들어온 지도 한 달 정도밖에 안 되었거든."

—그래? 흠… 그럼 걔 수제자로 뽑을 거야?

"음, 근데 고민이야. 난 인성을 테스트 하고 싶기든. 내가 레시피를 가르쳐 줘도 떠벌리지 않을 그런 사람 말이야. 다른 주방 식구들은 그래도 좀 오래 봐왔는데, 얘는 이제 고작 한 달이라서……."

사실 민석은 26살에, 음식 맛을 잘 알아내고, 금방금방 요리를 따라 하고, 〈아린〉에 들어온 지 한 달밖에 안 되었다는 설명에 학수가 말하는 사람이 바로 호검이라고 생각했다. 그런데 학수가 그의 인성에 대해 고민하는 것 같자 민석이 대뜸 말했다.

—혹시 그 아이 이름이 강호검 아냐?

"어? 어떻게 알아?"

학수가 소스라치게 놀라며 되물었다. 그리고 그 순간, 호검이 이태리 요리를 했었다는 사실이 학수의 머릿속을 스치고 지나갔다.

"아! 설마, 호검이 너네 학원 다녔어?"

—맞아. 우리 학원 다닌 것뿐만이 아니라, 보조 강사로 있었어. 걔 인성은 내가 보증해. 아주 성실하고 요리에 대한 열정

도 있고, 레시피 유출 걱정은 하지 않아도 될 거야.

"정말? 확실해? 넌 호검이가 우리 식당에 취직한 줄 알고 있었던 거야?"

학수가 화색을 띠며 흥분해서 물었다.

―어. 내가 너네 식당에서 사람 구한다고 알려줬는데?

"뭐? 근데 너 왜 나한테 말 안 했어?"

―아, 호검이가 자기는 인맥이 아니라 실력으로 인정받기 원한다고 아무 말도 하지 말아달라고 했거든.

"아……. 그래?"

―아무튼, 걔 인성은 내가 보증하니까, 수제자로 뽑을 생각 있으면 뽑아. 아, 실력도 내가 알고 있지. 여기서도 엄청 빨리 배우고 이태리 요리도 굉장히 잘했거든.

학수는 민석의 인성을 잘 알고 있었다. 민석은 친절하고 돈 욕심도 별로 없고 착한 사람이었다. 그런 민석이 괜찮다고 했으면, 정말 괜찮은 사람인 것이다.

"야, 너 마침 전화 정말 잘해줬다. 고마워. 내 고민을 네가 해결해 줬어."

―뭘. 호검이 잘 키워봐. 요리 감각도 뛰어나고 성실한 애야.

"알겠어. 참, 너 근데 왜 전화했어?"

학수가 근심을 덜어서 한결 가벼운 목소리로 이제야 용건을 물었다.

─아, 너 시간 있으면 점심이나 같이 먹을까 하고 전화했는데, 안 되겠네?

"어, 그럼 다음 주에 한번 만나자."

─오케이. 연락해. 끊는다.

학수는 민석과의 전화 통화를 끝내자마자 바로 아까 먹으려던 춘빙을 집어 들고 한 입 크게 베어 물었다. 그는 행복한 미소를 띠며 춘빙을 맛있게 먹었다.

잠시 후, 학수는 30분이 거의 다 된 것을 확인하고 주방으로 향했다. 주방으로 다시 들어가자, 완성된 요리들이 완성 테이블에 쭉 놓여 있었고, 다들 호검의 주위에 모여 뭔가를 묻고 있었다.

"자, 다들 완성했나요?"

학수가 주방에 들어서며 묻자, 다들 차렷 자세로 학수 앞에 다소곳하게 서서 대답했다.

"네. 완성했습니다!"

"그럼 어디 한번 볼까요?"

완성 테이블에 놓여 있는 요리들은 재석이 만든 오이가 주재료인 쒀이황과와 식사장이 만든 닭가슴살 냉채, 호검이 만든 닭가슴살과 죽순, 돼지고기햄이 주재료인 구삼사, 칼판장이 만든 도미창, 튀김장이 만든 오징어가 들어간 해파리냉채였다.

재석이 만든 쒂이황과는 오이 요리였는데, 오이가 통째로 접시 가운데에 돌돌돌 뱀이 똬리를 틀고 있는 듯이 자리하고 있었다. 쒂이는 중국 남방 농부들이 쓰는 모자를 말하는데, 오이를 말아서 만든 이것이 그 모자를 닮았다고 해서 붙여진 이름이었다.

기다란 오이를 이렇게 돌돌 말 수 있는 비밀은 바로 칼질과 절임에 있었다.

오이를 가로로 놓고 한쪽 면에는 비스듬하게 칼집을 넣고, 돌려서 반대편은 직각으로 칼집을 넣는데 이렇게 하면 오이가 끊어지지 않고 길게 스프링처럼 늘어난다. 그리고 이 상태로 소금, 설탕, 식초 등을 넣은 물에 담가 절이면 오이가 야들야들해져서 모양을 잡을 수가 있었다.

재석은 오이가 서로 안 떨어지게 써는 칼질을 보여주기 위해 이 요리를 선택한 것이었다.

"이 쒂이황과는 누구 거죠?"

"접니다."

재석이 손을 들었다.

"모양이 예쁘게 잘 나왔네요."

학수는 재석의 요리를 시작으로 먼저 각 요리를 살펴보면서 모양에 대해 칭찬했다.

"이건? 아, 식사장님 요리군요. 닭가슴살을 부서지지 않게 날개 모양으로 얇게 잘 썰었네요. 새의 날개처럼 플레이팅한 것도 예쁘고요."

학수는 식사장의 닭가슴살 냉채에 대해서도 잘했다고 칭찬해 주었고, 다음으로 구삼사(扣三丝)를 보더니 흥분해서 물었다.

"아니, 근데 이건 누가 만든 거예요? 구삼사 아닙니까, 이거? 이거 정말 어려운 요린데!"

사실 다른 참가자들은 구삼사 요리를 한 번도 본 적이 없었다. 그들도 이게 어떤 맛인지, 어떻게 만든 요리인지 매우 궁금해서 아까 호검에게 물어보려던 찰나, 학수가 들어오는 바람에 호검에게 설명을 듣지 못했다.

호검은 자신 있게 손을 번쩍 들었고, 다른 참가자들은 모두 호검을 쳐다보았다.

호검이 손을 들자, 학수가 흠칫 놀라며 물었다.

"이거, 구삼사 맞죠?"

"네. 맞습니다."

"이건 어디서 배웠어요?"

"어디선가 대강의 레시피를 알게 돼서 만들어봤습니다. 사실 실제로 이 요리를 본 적도 없고, 먹어본 적도 없어서 그냥 제 나름대로 만들어본 겁니다. 그래서 솔직히 이 맛이 구삼사의 맛이 맞는지는 확실치 않아요."

호검의 대답에 다들 깜짝 놀라 눈이 커졌다.

"본 적도 없고."

"먹어보지도 않았는데."

"그걸 만들어냈다는 거야?"

다른 참가자들은 혀를 내둘렀다.

"근데 그럼, 이 안에 뭐가 들었는지 천 사장님은 아시는 걸까?"

사실 다른 참가자들은 호검의 요리를 학수가 단번에 무엇인지 알아보자 신기했다.

왜냐하면 호검의 요리는 특이하게도 큰 그릇 가운데에 놓여 밥그릇 같은 것에 덮여 있었던지라 내용물이 보이지 않았기 때문이다. 밥그릇 반 정도 높이까지 구수해 보이는 국물이 차올라 있었고, 뒤집힌 밥그릇 가운데에는 구멍이 뚫려서 공기가 통하게 되어 있었다.

"그럼 한번 봅시다. 이 그릇 안이 잘 만들어졌는지 말이에요."

학수의 말에 다들 기대감 가득한 표정으로 호검을 쳐다보았고, 호검은 뒤집힌 밥그릇에 손을 가져갔다.

다른 사람들의 시선이 모두 호검의 손을 따라 이동했다.

"모양이 잘 나왔을지 모르겠네요."

호검도 떨리는 마음으로 뒤집어 놓은 밥그릇을 살포시 들었다. 밥그릇을 들자, 밥그릇을 뒤집어놓은 모양대로 단정히 놓여 있는 구삼사가 모습을 드러냈다.

　"오! 흐트러지지 않고 잘 나왔네요!"

　"와!"

　"예쁘다!"

　"이런 거 처음 봐, 정말."

　학수를 포함한 다른 사람들은 모두 그 자태에 감탄했다.

　구삼사는 들어낸 밥그릇 모양 그대로 생긴 요리였는데, 밥그릇을 뒤집어놓은 모양의 맨 위에는 마치 귀여운 모자를 쓴 듯 짙은 갈색의 표고버섯이 동그랗게 놓여 있었고, 그 아래로는 우산의 무늬처럼 하얀색, 붉은색의 무언가가 번갈아가며 국물 아래로 뻗어 내려가 있었다. 하얀색은 닭가슴살과 죽순이, 붉은색은 훈제돼지고기햄이 아주 가늘게 채 썰려 있는 모습이었다.

　"정말 이걸 본 적이 없는데 이렇게 만든 거예요?"

　학수가 유심히 구삼사의 모양을 살피다가 다시 한번 놀라워하며 물었다. 그러자 호검은 쑥스러운 미소를 지으며 대답했다.

　"아, 정확히 말하면 실제로 본 적은 없지만, 완성된 모양은 작은 사진으로 한번 봤어요. 그래서 제가 그 모양대로 만들어본 거예요."

호검은 칼질이 어려운 요리를 인터넷으로 검색해 보다가 구삼사라는 요리가 있다는 것을 알게 되었다.

구삼사 요리의 설명에는 간단히 '두드릴 구, 석 삼, 실 사. 구삼사. 말 그대로 세 가지 재료, 즉 닭가슴살, 돼지고기햄, 죽순을 실처럼 가늘게 두드려 만든 요리'라고만 되어 있었고, 작은 사진이 함께 나와 있었는데, 그 모양이 예뻤다.

호검은 처음 보는 요리인 데다가 모양새도 예뻐서 그 요리를 칼질 요리 테스트에서 만들고 싶었다. 그는 구삼사 요리의 자세한 레시피를 알기 위해 요리책, 인터넷 등을 샅샅이 뒤졌다. 그런데 어디에도 구삼사 요리를 만드는 정보가 없었다.

'아, 이거 정말 만들고 싶은데…… 아는 사람이 없을까?'

호검은 곰곰이 생각해 보다가 불현듯 이 요리를 알 만한 한 사람이 떠올랐다.

'주한 중국대사님은 알거야!'

호검은 곧바로 외교부 장관에게 연락을 해서 주한 중국대사를 만나 뵙고 싶다고 부탁을 했고, 주한 중국대사에게 구삼사 레시피를 전달받을 수 있었다. 물론 아주 자세한 레시피는 아니었고 사진도 없었지만, 호검은 그걸로 구삼사를 연습해서 거의 흡사하게 요리를 만들어낸 것이다.

"이게 사진으로 봤어도 그 모양 그대로 만들어내는 게 쉽지 않은데, 대단하네요, 정말. 맛도 기대해 보죠."

학수는 감탄하며 말했고, 일단 다음 요리로 넘어갔다.

"이건 도미창이군요?"

"네, 맞습니다."

칼핀장이 대답했다. 도미창은 얇게 포를 뜬 도미에 끓는 기름을 부어서 살짝 데쳐지게 만든 요리로, 잘만 만들어지면 회의 느낌과 튀김의 느낌 두 가지를 한 번에 맛볼 수 있는 특이한 요리였다.

"도미 포도 잘 떠졌고, 파채도 균일하게 잘 나왔고요."

학수는 만족스럽게 고개를 끄덕였고, 마지막으로 튀김장이 만든 오징어가 들어간 해파리냉채를 살펴보았다. 튀김장의 요리는 칼집을 넣어서 꽃 모양처럼 돌돌 말린 오징어가 가운데 놓여 있고, 그 주변으로 갖은 양념으로 무쳐진 해파리와 오이채가 둘러져 있어서 마치 접시 전체가 하나의 커다란 꽃 같았다.

"좋습니다. 이제 시식을 하겠어요. 이번엔 튀김장의 요리부터 맛보죠."

학수는 튀김장의 요리부터 시식을 해나갔다.

그는 한 가지 요리를 먹고 난 후 물로 입을 헹구고, 다음 요리, 또 그다음 요리를 맛보았다. 그런데 이번 칼질 요리 시식에서는 웬일인지 학수가 완벽한 포커페이스를 유지하고 있었다.

그는 아무런 평도 하지 않고, 아무런 표정도 드러내지 않았다. 그저 요리를 입에 넣고 씹고 삼키고 이 동작을 마치 로봇처럼 하고 있었다. 참가자들은 불안한 마음으로 그를 지켜보았는데, 학수가 마지막 요리까지 모든 시식을 마치고 마침내 입을 열었다.

"음, 이번 칼질 요리의 시식평은 하지 않겠어요."

다들 시식평을 기다리고 있는데, 학수가 뜬금없이 이렇게 말하자 참가자들은 벙진 표정이 되었다.

"왜, 왜요?"

식사장이 당황해하며 물었고, 학수는 웃으며 대답했다.

"대신, 각자에게 따로 평을 써서 줄게요. 수제자 선발전 결과 발표와 함께요. 여기 남은 음식들을 서로 나눠 먹고, 정리하고 가세요. 발표는 내일 하도록 하겠습니다. 오늘 모두 수고하셨어요. 그럼 난 이만 가볼게요."

학수는 이렇게 말하고는 주방을 휙 나가 버렸다. 남은 참가자들은 학수가 왜 마지막 평을 하지 않았는지 의아했다.

"왜 평을 안 해주시는 거지?"

튀김장이 칼판장에게 물었다.

"평을 써서 주신다잖아요."

"그러니까 왜 평을 써서 주시냔 말이지. 앞의 요리들은 다 그냥 말씀해 주셨는데 말이야."

"음, 지적할 게 많아서일까?"

식사장이 조금 시무룩한 얼굴로 추측했다.

"근데 적어 주시면 앞으로 우리 요리하는 데 더 도움이 되겠죠. 사실 진 아까 말로 앞에 설명해 주신 거 긴장해 있어서 기억이 잘 안 나요."

재석이 긍정적으로 말했다.

"하긴 그래. 발표도 그 종이에 적어 주시려나?"

"그럴 수도 있죠."

"우리 이거나 먹어보자."

식사장이 다섯 개의 칼질 요리를 가리키며 말했다.

"그래요. 저 호검이가 만든 이 구삼사 요리 처음 봤거든요. 맛이 정말 궁금해요."

"그리고 이거 어떻게 만든 건지도 궁금해."

"이건 요 그릇에 난 구멍을 표고버섯 갓을 얇게 포를 떠서 막은 다음에 그 안에 내용물을 채우면 되는데요……. 그다음 엔 밥그릇의 안쪽 면에 얇게 채 썬 훈제돼지고기햄과 겨울죽 순, 닭가슴살을 번갈아가며 둘러주고, 그릇 안에는 닭가슴살을 채워 넣어 육수를 부어서 찌는 거예요."

호검은 만드는 방법을 친절하게 알려주었다.

그러자 튀김장이 가장 먼저 숟가락으로 육수를 떠먹으며

또 물었다.

"오. 이거 육수 맛 봐. 기가 막히다. 구수한데 깔끔하고, 정말 맛있다! 육수는 아까 집에서 가져온 그 육수지?"

"네, 맞아요."

튀김장의 말에 다른 사람들도 구삼사의 육수를 맛보더니 다들 맛있다고 칭찬했다.

"이거 이거, 아무래도 수제자 한 명은 확정인 것 같은데?"

식사장이 호검을 쳐다보며 장난스럽게 말했다. 그러자 재석도 맞장구를 치며 물었다.

"그러게요. 근데 수제자 되면 한 달? 정도 주방 일 안 하죠?"

"어. 일 안 하지만 출근은 하지. 사장실로 출근."

"그럼 거기서 뭐 해요?"

호검이 식사장에게 물었다.

"개인적으로 배우는 거지. 천 셰프님의 비밀 레시피들을! 아, 뽑히는 사람은 좋겠다. 부러워."

그들은 수제자가 되는 사람은 좋겠다, 수제자로 누가 되겠다 등등 이런 저런 수다를 떨며 요리들을 나눠 먹었다.

한편, 학수에게 쫓겨나 수제자 선발전 구경을 못 하게 된 형일은 욱하는 마음에 대낮부터 집에서 술을 마시고 있었다.

"내 후배 맞잖아! 뭘 그렇게 또 까칠하게… 쳇. 내가 그래도 좀 더 있어주려고 했더니……."

소주 몇 잔을 들이켜던 부주방장은 갑자기 자리에서 벌떡 일어나더니 나갈 채비를 했다.

'일단 물어나 보자. 얼마나 좋은 조건을 제시할 건지…….'

그는 곧장 〈팔선정〉으로 가서 사장을 찾았다.

약속을 하지 않았지만, 마침 〈팔선정〉 사장은 식당에 있다고 했다. 친구인 준성이 그를 사장실로 안내해 주었고, 형일은 사장실 문을 열고 안으로 들어갔다.

"안녕하세요."

30대 후반으로 보이는 멋스러운 여자가 벌떡 일어나 형일을 맞았다.

"처음 뵙겠습니다. 김형일입니다."

"박선정이에요. 앉으세요."

박선정. 〈팔선정〉의 오너. 그녀는 금수저 집안의 막내딸이었다. 그녀의 부모는 그녀가 원하는 건 다 들어주었고, 이 〈팔선정〉도 부모가 차려준 식당이었다.

"미인이시네요."

"감사합니다."

형일은 우선 칭찬으로 분위기를 부드럽게 만들었고, 조심스럽게 용건을 말했다.

"준성이한테 들었는데요, 절 스카우트하고 싶어 하신다고요."

"네. 맞습니다. 김형일 씨 정도면 어느 중식당에도 눈독 들일 만한 인재죠."

박선정은 형일을 띄워주었고, 형일은 그것이 그저 자신을 영입하려고 입에 발린 말을 하는 것이란 걸 알았지만, 어쨌든 기분은 좋았다.

"일단 직책은 부주방장이죠?"

"네, 그런데 부주방장으로 조금 계시다 보면 주방장으로 승진하실 수도 있죠."

"정말요?"

"네. 형일 씨 실력이 좋으시잖아요."

"그럼 연봉은 얼마까지 주실 생각이세요?"

형일이 단도직입적으로 물었다. 그러자 선정은 웃으며 제안했다.

"〈아린〉 연봉의 30%를 더 드릴게요."

만족스러운 제안이었다. 하지만 형일은 욕심이 생겼다.

'흠. 조금만 더 버티면 50%도 나오겠는데?'

형일은 자리에서 일어서며 말했다.

"잘 알겠습니다. 다음에 다시 찾아뵙죠."

선정은 여전히 미소 띤 얼굴로 자리에서 일어나 말했다.

"네, 그럼 다음에 또 봬요. 다음번엔 제가 식사 대접 할게요."

"아, 네. 안녕히 계세요."

형일은 자신이 일어서면 선정이 연봉을 더 부르며 잡을 것이라 예상했는데, 그렇지 않아서 당황했지만, 일단은 인사를 하고 나왔다.

'음, 아예 2배를 부르고 협상에 들어갈 걸 그랬나? 아냐, 확실히 옮길 때 협상에 들어가야지. 일단은 얼마나 줄지 알았으니 됐어.'

형일은 소기의 목적을 달성했으니 만족해하며 집으로 돌아갔다.

*   *   *

다음 날.

면장과 용식이 웬일로 현우와 호검이 출근하는 시간에 맞춰 일찍 출근을 했다.

"어? 오늘 왜 이렇게 일찍 출근하셨어요?"

호검이 주방으로 들어오는 그들에게 질문하자, 그들은 쪼르르 호검에게 달려와 질문을 쏟아내기 시작했다.

"어제 어떻게 됐어?"

"누가 잘한 거 같아?"

"결과는 언제 나오는 거야?"

그들은 어제 있었던 수제자 선발전이 궁금해서 아침 일찍 출근을 한 것이었다.

"결과는 오늘 나온댔는데, 오늘 몇 시에 나오는지는 몰라요."

호검은 그들의 질문에 대답을 해주며, 어제 선발전에 참가한 사람들이 만든 요리들이 무엇이었는지 대충 알려주었다. 조금 후에 튀김장, 칼판장, 식사장, 재석까지 오자, 그들은 어제 수제자 선발전에 대해 와자지껄하게 떠들어댔다.

"다들 뭐 하십니까. 점심시간 준비 안 하세요?"

부주방장 형일이 주방으로 들어와 틱틱대는 말투로 말했고, 주방 사람들은 형일의 눈치를 보며 다시 각자의 일을 하기 시작했다.

잠시 후, 학수가 드디어 주방으로 들어왔다.

"어제 수제자 선발전에 참가했던 분들 이쪽으로 오세요."

학수는 주방에 들어서자마자 참가자들을 불러 모았다. 학수의 손에는 종이 쪽지 몇 장이 들려 있었다. 재석, 호검, 튀김장, 칼판장, 식사장은 모두 학수의 앞으로 조심스럽게 다가갔다.

"자, 여기 어제 요리 시식평이요. 보면 앞으로 요리하는 데 도움이 많이 될 거예요."

학수는 다섯 명에게 쪽지를 하나씩 나눠주었다.

"감사합니다."

참가자 다섯 명은 꾸벅 인사를 했다.

"아, 내가 하나를 안 가져왔군요. 잠시만요."

학수는 쪽지를 전해주고 나서 뭔가를 잊어버리고 안 가져왔다면서 다시 주방을 나갔고, 수제자 선발전에 참여했던 사람들은 각자 자신의 자리로 돌아가서 쪽지를 확인했다.

호검도 얼른 쪽지를 펼쳐보았는데, 그의 쪽지에는 아무것도 써 있지 않았다.

"잉? 아무 것도 없는데?"

자신의 쪽지에 아무런 말이 써 있지 않자, 호검은 당황하며 재석에게 가서 물었다.

"형, 형 쪽지에는 뭐라고 써 있어요?"

"쒀이황과에 대한 지적도 있고, 그 전 요리들에 대한 총평도 써 있어. 왜?"

"아, 전 아무것도 없는데……."

"뭐? 왜? 사장님이 잘못 주신 거 아냐? 오시면 여쭤봐."

그때, 학수가 종이 한 장을 들고 다시 주방으로 들어왔다.

"사장님! 저 쪽지 잘못 주셨어요. 아무것도 안 써져 있어요."

"잘못 준 게 아니야."

학수는 빙긋 웃으며 대답하더니 공지를 한쪽 벽에 붙였다.

그리고 다시 호검을 돌아보며 말했다.

"강호검! 내일부터 사장실로 출근해."

학수의 말에 부주방장의 얼굴이 굳어졌다.

"네?!"

호검이 깜짝 놀라 학수를 쳐다보았고, 학수는 싱긋 웃으며
말했다.

"아, 사장실 출근은 내일부터고, 30분 후에 사장실로 잠깐
올라와."

"네……. 알겠습니다."

호검은 허리 숙여 인사를 했고, 학수는 곧바로 주방을 나갔
다.

주방 사람들은 호검과 학수를 번갈아 쳐다보다가 학수가
나가자 벽에 붙은 공지를 읽었다.

[수제자 선발전 결과 공지]

수제자 선발전 결과, 강호검이 수제자로 선발되었습니다.

당분간 강호검은 주방 일에서 제외됩니다.

강호검이 주방 일에서 빠지는 관계로 주방 인원 충원을 고려
중입니다.

수제자 선발전에 참가하신 다른 분들도 모두 수고 많으셨습니
다.

"와! 대박!"

현우가 결과 공지를 읽고는 호들갑을 떨며 호검에게 헤드록을 걸었다.

"야, 도대체 요리를 어떻게, 얼마나 잘했기에 수제자로 뽑힌 거야?! 진짜 천재네, 이 자식."

"아아, 형."

호검은 현우에게 걸린 헤드록에 아프다는 듯 소리를 냈지만, 얼굴은 웃고 있었다. 재석도 웃으며 호검에게 축하 인사를 건넸다.

"축하해. 진작부터 난 네가 될 줄 알았어. 천 셰프님께 잘 배워서 훌륭한 중식요리사가 돼라."

"고마워요, 형."

수제자 선발전에 참가했던 파트장들은 잠시 아쉬워하는 표정을 지었지만, 이내 호검에게 다가와 말했다.

"축하한다, 호검아. 얘가 처음에 여기 들어왔을 때부터 예사롭지가 않았지. 안 그래?"

"그건 그래요. 하나를 알려주면 열을 아는… 아니지, 하나도 안 가르쳐 줬는데 그냥 알았던가? 아무튼 축하해."

"나도 축하해. 어제 멘보샤 진짜 맛있었어. 내가 그 멘보샤를 먹어보고 감이 좀 오긴 했지. 아, 이 자식이 수제자가 되겠구나 하고 말이야."

칼판장이 고개를 끄덕이며 호검에게 말하는데, 멘보샤라는 말을 들은 면장이 대뜸 끼어들었다.

"멘보샤요?"

"어, 어디서 배웠는지 얘가 만터우 만드는 법을 알더라고. 만터우를 직접 만들어서 멘보샤를 튀기니까 식빵보다 담백하고 정말 맛이 기똥차던데?"

칼판장이 어제 먹었던 호검의 멘보샤를 떠올리고는 입맛을 다시며 말했다.

"오. 그렇군요. 호검아, 나중에 나도 멘보샤 맛 좀 보여줘."

면장이 눈을 찡긋하며 호검에게 말했다. 그의 표정에는 뿌듯함이 묻어났다.

만터우 빵 만드는 법을 가르쳐 준 사람이 바로 면장이었으니 말이다.

"네, 그럼요!"

현우의 헤드록에서 풀려난 호검은 면장에게 고맙다는 의미로 고개를 살짝 까딱하면서 대답했다. 주방 사람들이 모두 호검에게 몰려와 축하 인사를 건네고 있는데, 부주방장 형일은 한쪽 조리대에 기대어 팔짱을 낀 채 못마땅한 표정으로 그들을 쳐다보고 있었다.

'아, 진짜 저 자식이 될 줄이야……. 이제 어떻게 하지?'

형일은 우려했던 일이 현실로 일어나자 머리가 아파왔다.

'안 그래도 쟤를 예뻐하는 것 같은데, 이제 수제자까지 됐으

니……. 나한테 안 가르쳐 준 걸 저 자식한테 다 가르쳐 주는 거 아냐?'

형일의 얼굴이 점점 일그러지고 있는데, 식사장이 형일에게 다가와 지나가는 말로 말했다.

"부주, 이제 직속 후배 생겼네?"

"아, 네."

형일이 씁쓸한 미소를 지으며 대꾸했다. 그는 직속 후배라는 말에 기분이 더 나빠졌고, 주방 뒷문으로 나가더니 담배를 꺼내 물었다.

잠시 축하와 감사를 주고받던 호검과 주방의 다른 사람들은 이제 다시 점심 타임 준비를 서둘렀다.

"호검아, 거기 빈 스티로폼 박스들은 밖에 버리고 와."

"네! 알겠습니다."

호검은 튀김장의 지시에 얼른 빈 스티로폼 박스들을 가지고 뒷문으로 나갔다. 그가 스티로폼 박스를 버리고 다시 주방으로 들어가려는데 건물 코너에 서 있는 형일의 뒷모습이 얼핏 보였다.

'부주인가? 담배 피우나 보군. 이왕 수제자가 된 거 부주랑 잘 지내봐야 하나?'

호검도 생각이 많았다.

형일이 원래 호검을 별로 마음에 들어 하지 않았고, 호검도 역시 그랬다. 잠시 형일에 대해 고민하던 호검은 그냥 흘러가는 대로 내버려 두기로 하고 다시 주방으로 들어갔다.

잠시 후, 호검은 사장실로 가서 문을 두드렸다.

똑똑.

"들어와."

호검이 사장실 문을 열고 들어가 학수에게 꾸벅 인사를 했다.

"여기 앉아."

"네."

학수가 호검에게 소파를 가리키며 앉으라고 했고, 학수도 호검의 맞은편에 앉았다.

"호검이 너, 쿠치나투라 요리 학원에서 일했었다며?"

"네? 어떻게 아셨어요?"

호검은 학수가 혹시 자신이 강철수의 아들인 것을 알고 수제자로 뽑았나 싶어 놀라서 되물었다.

"어제 민석이랑 통화하다가 알게 됐어. 민석이가 네 칭찬을 많이 하던데? 진작 말을 하지. 왜 말 안 했어?"

"아, 그냥… 괜히 사장님이 신경 쓰이실 것 같아서요."

"아무튼, 어제라도 알게 됐으니 됐지, 뭐. 아, 근데 이제 사장님이라고 부르지 말고 스승님이라고 불러."

"정말요? 감사합니다, 스승님!"

호검이 자리에서 벌떡 일어나더니 활짝 웃으며 인사를 했다.

"스승님이라고 부르라는 거에 감사하다고 하는 사람은 첨 봤네. 허허허."

"저… 근데, 최 원장님이 다른 말씀은 없으셨어요?"

호검은 혹시라도 자신이 강철수의 아들이라는 것을 민석이 말했는지 확인하려고 학수를 슬쩍 떠보았다.

"다른 말? 음, 그냥 너 재능도 있고, 성실하고, 믿을 만하다고 칭찬만 하던데?"

"아, 네. 최 원장님이 워낙 좋으신 분이라서, 제가 정말 많이 배웠어요."

"그래, 최 원장 사람이 참 좋지. 이제 나한테 배울 차례네. 하하."

"네, 열심히 배우겠습니다!"

"좋아, 열의가 보여서 아주 좋단 말이야. 아무튼, 내가 부른 건, 내 수제자가 되면 지켜야 할 것들이 몇 가지 있어서 미리 알려주려고."

"네."

호검은 눈을 반짝이며 학수를 쳐다보았다.

"일단, 혹시 담배 피우나?"

"아뇨. 안 핍니다."

"다행이군. 내 제자가 되면 첫 번째로, 담배를 피우면 안 돼. 담배를 피우면 손에 담배 냄새가 배기도 하고, 음식 맛을 보는 데에도 지장이 있으니까 말이야."

호검은 아까 형일이 담배를 피우고 있는 것을 목격한 터라 고개를 갸웃거렸다.

'뭐야, 담배 피우면 안 되는데 피우는 거였어? 스승님은 모르시는 건가?'

호검이 잠시 형일을 생각하다가 대답에 뜸을 들이고 있자, 학수가 물었다.

"알아들었어?"

"아, 네! 알겠습니다."

"그리고, 두 번째. 이게 정말 중요한 건데, 내가 가르쳐 준 레시피를 절대 다른 누구에게도 발설하면 안 돼. 사실 다른 사람에게 알려주면 너한테도 마이너스야. 알지? 우리 같은 요리사들에게는 자기만 아는 레시피가 곧 경쟁력이니까."

"그럼요! 절대 발설하지 않겠습니다."

호검도 그 사실은 알고 있었다. 요리사에게 있어서 자신만의 레시피가 얼마나 중요한 것인지 말이다.

"아, 그리고 춘빙에 사용한 그 특제 춘장 레시피는 내가 알려준 게 아니고, 네가 알아낸 것이지만, 그것도 누구한테도 안 알려줬으면 좋겠어. 이건 부탁하는 거야."

"네, 알겠습니다."

"음, 그럼, 마지막으로 내 허락 없이 방송 출연은 금지야. 어때? 다 지킬 수 있겠어?"

"그럼요. 모두 잘 지키겠습니다."

호검은 자신 있다는 듯 씩씩하게 대답했다.

"좋아. 그럼 이제 호검이 넌 내 제자야. 내일부터 사장실로 출근해서 여기 뒤에 딸린 내 개인 주방에서 요리를 배우게 될 거야."

"감사합니다!"

"그럼 내가 할 말은 다했고……. 혹시 뭐 궁금한 점이나 할 말 있어?"

학수의 물음에 호검은 잠깐 생각을 해보다가 입을 열었다.

"아, 부주방장님과 같이 배우는 건 아닌가요?"

"부주? 부주는 이미 많이 배워서 지금 부주방장씩이나 하고 있잖아. 나 없을 때 주방도 맡아야 하고. 아마도 같이 배우는 일은 없을 거야."

"네, 그리고… 제가 준비해 올 건 없나요?"

"아 참, 혹시 개인 칼 가진 거 있어? 있으면 가져와. 처음부터 자기 칼로 연습하는 게 좋거든."

"네, 있어요. 가져올게요."

"또 질문 있어?"

"음, 없습니다."

"그래, 그럼 내일부터 잘해보자고. 이만 나가봐."

"네, 스승님!"

호검이 우렁찬 목소리로 대답하자, 학수는 허허 웃었다. 호검은 싱글벙글 웃으며 사장실을 나오다가 형일과 예슬을 맞닥뜨렸다.

"아, 호검 씨. 사장님 뵙고 가는 길인가 봐요?"

예슬이 방긋 웃으며 물었다.

"네. 안녕하세요, 매니저님."

호검이 예슬과 형일에게 가볍게 묵례를 했지만, 형일은 호검을 본 척만 척했다.

그리고 예슬과 형일은 곧 사장실을 노크하더니 안으로 들어갔다.

'둘이 무슨 일로 같이 스승님에게 온 거지?'

호검은 사장실로 들어가는 둘의 뒷모습을 보면서 고개를 갸웃거리다가 다시 주방으로 돌아갔다.

예슬과 형일이 사장실에 들어서자, 학수가 물었다.

"무슨 일이야, 둘이 같이?"

"아, 사장님, 드릴 말씀이 있어서요."

"뭔데?"

"저, 이쪽에 앉아서 천천히 말씀드릴게요."

예슬은 형일과 함께 소파에 나란히 앉았고, 학수는 그들의 맞은편에 앉으며 물었다.

"뭐, 긴 얘기야?"

"음, 그건 아닌데……. 저, 그저께 전화가 한 통 왔었는데 요."

학수가 예슬을 빤히 쳐다보았다.

"프로그램 섭외 전화였대요."

형일이 옆에서 얼른 그녀를 거들며 말했다. 학수는 프로그램이라는 말에 대번에 인상을 찌푸렸다.

"또 프로그램 섭외 전화야? 프로그램 출연 안 한다고 무조건 거절하랬잖아!"

학수는 더 들어볼 필요도 없다는 듯 자리에서 일어서려고 했다.

그러자 예슬이 그를 만류하며 말했다.

"아, 사장님, 제 말씀 좀 들어보세요. 이번엔 좀 달라요."

"네, 이번엔 식당 홍보가 아니라, 요리 대결이래요."

형일이 다급하게 말했고, 예슬이 얼른 프로그램에 대해 설명했다.

"새로 만들려는 프로그램인데, 요리 대결 형식으로 만든대요. 첫 시즌을 중화요리 대결로 정해서 다른 유명한 중식 셰프들도 출연하기로 했다고 하고요. 서일주 셰프 아시죠? 그분은 출연하기로 확정이 났다고 하던데요?"

"서일주? 요즘 아주 프로그램 나오느라 바쁘시구만."

"서일주 셰프님 나오면 일단 사람들이 관심을 가지니까요. 요즘 인기 좋으시잖아요. 그러니까 사장님도 좀……."

서일주는 작년에 열린 올푸드 요리쇼에서 중화요리쇼를 했던 셰프로, 그 요리쇼 이후 TV 프로에 자주 나오며 얼굴을 알려 인기가 나날이 높아져 가고 있었다.

"일단 좀 앉아보세요."

예슬이 붙들자, 학수가 엉거주춤한 포즈로 서 있다가 우선은 자리에 다시 앉았다.

"사장님, 사실 요즘 중국집은 좀 이미지가 저렴한 자장면의 이미지가 있잖아요. 그리고 사람들이 아는 중국 요리는 자장면, 짬뽕, 볶음밥, 탕수육, 고추잡채, 양장피 등 기껏해야 10가지 정도가 다일걸요? 그런데 중식이 그게 다가 아니잖아요. 정말 맛있고, 멋진 요리들이 엄청 많은데, 사람들이 그걸 잘 모른단 말이죠. 이런 요리 대결 프로그램에서 사람들이 몰랐던 다양한 요리들을 보여주면 중국 요리 자체가 발전되는 거라고 생각해요."

예슬이 청산유수로 떠들어댔고, 형일은 그런 예슬을 감탄하며 바라보고 있었다. 예슬의 말에 일리가 있다는 생각이 들었는지 학수는 일단 누그러진 태도로 가만히 그녀의 말을 듣고 있었다.

"그리고 중국 요리 자체에 대한 호감도가 상승해야 더 많은 사람들에게 더 다양한 중국 요리를 선보일 수 있잖아요. 무슨 요리인지 모르는 요리들 메뉴판에 적어놔 봐야 아무도 안 먹는다고 사장님도 안타까워하셨었잖아요. 오늘의 특선 요리를 하시는 것도 다 새로운 요리들을 맛보여 주기 위해서 하시는 거고요. 아니에요?"

예슬은 똑 부러지는 말투로 학수를 설득해 가고 있었다.

"음······."

학수가 일단 경청하는 듯하자, 예슬은 프로그램에 대한 추가 설명을 이어갔다.

"일단 프로그램 방영 예정은 3달 정도 후인 것 같아요. 피디 말로는 서일주 셰프랑 사장님, 그리고 세 명 더 섭외할 거라고 하더라고요. 대결은 총 5회에서 10회 정도로 짤 예정이고요."

학수가 예슬의 설명을 듣다가 대뜸 물었다.

"근데, 부주는 왜 데려왔어? 나 설득하려고?"

"아, 그게······."

형일이 뭐라 말해야 할지 몰라 말끝을 흐리자, 예슬이 끼어들어 대신 말했다.

"이번 프로그램은 스승과 수제자가 함께 2인 1조로 출연해야 하거든요. 그래서 제가 부주방장님도 함께 모셔 온 거예요."

"스승과 수제자가 함께 나가야 한다고?"

학수가 눈을 동그랗게 뜨고 형일을 쳐다보았다.

8. 수제자는 하나

　형일은 학수에게 잘 보이기 위해 가식적인 미소를 띠고 있었다.

　학수가 형일을 쳐다보자, 형일은 고개를 가볍게 끄덕였다.

　"네, 그렇다네요."

　예슬의 설득으로 조금 부드러워졌던 학수의 표정이 수제자와 함께 나가야 한다는 설명에 또다시 굳어졌다.

　"형일 씨도 지금 여기 부주방장 하실 정도니까 실력은 뭐, 좋으시잖아요. 형일 씨는 사장님이 나가신다면 기꺼이 함께 나갈 거라고 하셨고요."

예슬이 덧붙여 말했다. 학수는 잠시 대꾸 없이 형일을 쳐다보다가 말문을 열었다.

"그래서, 부주는 나가고 싶다는 거야? 아, 물을 필요도 없이 나가고 싶겠지……."

"예슬 씨 말씀대로 스승님이 나가신다면 당연히 제가 보조해서 나가야지요."

형일은 자신이 학수를 보조하는 거라는 걸 강조했다.

"맞아요. 부주방장님은 사장님 보조로 나가시는 거고, 메인은 당연히 사장님이세요."

"메인이 중요한 게 아니야. 음, 근데 우리 둘 다 프로그램 나가면 식당은 어떡하고?"

학수가 예슬과 형일을 번갈아 보며 물었다.

"아… 그건 생각을 못 해봤는데……."

예슬이 아차 싶었는지 형일을 쳐다보았다. 형일에게 무슨 좋은 생각이 없냐고 눈으로 묻는 것 같았다. 형일도 그 생각까지는 미처 못 했기에 순간 아무 말도 못 하고 우물쭈물하다가 입을 열었다.

"그거야, 프로그램 녹화가 아직 한참 남았으니까 그 전에 대책을 세우면 되지 않을까요?"

"대책? 어떻게? 우리 대신할 사람이 있어?"

학수가 형일을 쏘아붙였다.

"저희 녹화가 한 5일에서 10일 정도 드문드문 있을 테니까, 아! 우리 쉬는 날인 수요일에 녹화를 하자고 하는 건 어때요?"

"그건 좀 무리 아닐까요? 다른 사람들도 스케줄이 있을 텐데……."

형일의 말에 예슬이 부정적인 반응을 내놓았다.

"음, 그럼, 녹화 있는 날은 쉬면……."

"안 돼. 프로그램 나간다고 식당을 쉬어? 그건 말도 안 되는 거야. 역시 안 되겠어. 안 한다고 해."

학수는 단호히 말하고는 자리에서 일어섰다. 그러자 당황한 예슬이 같이 일어서며 조심스럽게 말했다.

"음, 사장님, 그건 천천히 생각해 보면 답이 있을 거예요. 일단 장기적으로 봤을 때 이 프로그램에 나가시는 게 우리 식당에도 좋고, 또, 중국 요리 발전에도……."

"그래도 나한텐 〈아린〉이 우선이야. 식당에 피해를 주면서 프로그램 나가면, 사람들이 뭐라고 하겠어? 자기 식당 내팽개치고 유명세에 눈이 멀어서 방송 나왔다고 하지 않겠어?"

"스승님, 일단 유명해지고 나면 사람들은 그런 소리 안 해요. '일단 유명해져라. 그럼 당신이 똥을 싸도 사람들은 좋아할 것이다'라는 말도 있잖아요!"

형일이 학수의 고지식함에 답답해하며 언성을 높였다.

"난 그러고 싶지 않아. 아무튼, 그거 안 한다고 해. 나 바쁘니까, 둘 다 그만 나가봐."

학수는 형일이 목소리를 높이든지 말든지 자신의 뜻을 굽히지 않았다.

결국, 예슬과 형일은 한숨을 내쉬며 사장실을 나왔다.

"아, 정말! 스승님은 왜 저렇게 꽉 막히셨지?"

형일이 주방으로 가는 길에 예슬에게 투덜대며 말했다.

"아휴. 그러게요. 좀 더 융통성이 있으면 좋을 텐데…… 사장님은 이럴 때 나가서 실력 자랑도 좀 하고 그러시지…… 아쉽게 됐네요. 부주도 같이 나가면 얼굴 알리고 좋았을 텐데. 저렇게 싫어하시니, 할 수 없죠."

"할 수 없다니요?"

"피디한테 못 한다고 연락해 줘야겠어요. 기다리고 있을 거예요,"

"그래도 너무 좋은 기횐데…… 예슬 씨가 조금만 더 설득해 보면 안 될까요?"

형일은 어떻게든 이번 프로그램에 나가고 싶었기에 예슬에게 부탁했다.

"음……."

예슬은 입술에 힘을 주며 잠시 고민했다. 형일은 그런 그녀의 눈치를 잠시 보다가 조심스럽게 이어 말했다.

"이번엔 내가 같이 가서 그런 것일 수도 있어요. 그러니

까 매니저님만 가서 조곤조곤 이야기를 다시 해보면 어떨는
지······."

"그럴까요······? 저도 아쉽긴 한데, 저렇게 확고하시니······."

예슬이 학수에게 다시 한번 말해보는 쪽으로 살짝 마음이
기운 것 같자, 얼른 형일이 이유를 더 붙여가며 그녀를 설득했
다.

"그래도 한 번은 더 말해보는 게 아쉬움이 덜하지 않을까
요? 그리고 스승님도 갑자기 마음이 바뀌실 수도 있잖아요."

"알겠어요. 내일이나 모레 한 번 더 말씀드려 볼게요."

"고마워요. 매니저님은 참 현명하시단 말이야."

형일은 예슬을 치켜세우며 말했고, 이에 예슬도 기분이 좋
은지 활짝 웃었다.

"호호호. 에이 뭘요. 제가 다시 잘 말씀드려 볼게요. 그럼
부주방장님도 들어가 보세요."

"네, 매니저님만 믿을게요. 그럼 전 이만······."

예슬과 형일은 주방 문 앞에서 서로 인사를 하고 헤어졌다.

한편, 학수는 혼자 사장실 책상 앞에 앉아서 고민을 하고
있었다.

'프로그램 취지는 괜찮은데, 중화요리를 보여주는 것이기도
하고······. 그런데, 수제자랑 함께 나가야 한다니, 그럼 그사이
식당을 맡을 사람도 없고, 게다가 형일이를 어떻게 믿고 나가

냔 말이지. 어떻게든 자기가 돋보이려고 할 텐데. 내가 쟤를 믿을 수가 없으니······. 근데, 프로그램이 세 달 뒤라고 했나? 세 달 뒤라면, 호검이가 나갈 수 있나?'

학수는 달력을 넘겨보며 무언가를 계산해 보는 듯했다.

'호검이가 그때까지 실력이 얼마나 늘 수 있으려나? 프로그램에 호검이를 데리고 나갈까? 그럼 그사이 식당은 부주가 맡고 있으면 되고 말이야.'

학수는 자신이 호검이는 믿을 수 있고, 호검이를 데리고 나가면 형일에게 주방을 맡기면 되니 모든 문제를 해결할 수 있었다.

'아, 근데 호검이가 아무리 천재라고 해도 그 정도 실력이 될까? 아니야, 될 수도 있어. 항상 내 기대 이상을 보여주던 아이니까. 흠······.'

학수는 잠시 형일 대신 호검을 프로그램에 데리고 나갈까 생각했는데, 그렇게 되면 분명 형일이 가만히 있지 않을 것 같았다. 학수는 이렇게 저렇게 생각을 해보다가 결국 그냥 마음 편히 프로그램에 안 나가는 것으로 결정을 보았다.

*　　　*　　　*

다음 날, 드디어 호검은 〈아린〉의 주방이 아니라 사장실로 출근했다.

똑똑똑.

"들어와."

호검이 사장실 문을 열고 들어서며 밝고 힘차게 인사를 했다.

"안녕하세요, 스승님!"

"하하하. 그래. 매우 안녕해."

학수는 밝고 씩씩한 호검의 태도가 마음에 들었다. 그래서인지 호검에게는 왠지 부드럽게 말이 나가는 것 같았다.

"자, 이리 따라와. 칼은 가져왔지?"

학수가 호검을 자신의 개인 주방으로 안내하면서 물었다.

"네! 여기요!"

호검이 아버지가 사주셨던 가죽 칼 가방을 꺼내 보였다.

"오, 멋진 걸 가지고 있구나."

"네, 아버지가 사주셨어요."

호검은 순간적으로 아버지가 사주었다는 사실을 말해버렸다가 아차 했다. 괜히 아버지에 대해 꼬치꼬치 캐물으면 어쩌지 하는 생각 때문이었다. 하지만 다행히 학수는 그냥 좋은 아버지라고만 말하고 다른 이야기로 넘어갔다.

"자, 오늘은 다양한 중식 재료에 대한 설명을 좀 해줄게. 시간 되면 조리법도 좀 알려주고. 원래 기초는 이론인 거 알지?"

"네! 전 중국 요리에 대해서는 잘 몰라서 기초적인 거부터 가르쳐 주시면 더 좋아요."

"그래. 최 원장네 학원처럼 교재가 있으면 좋겠지만, 내가 그런 학원을 하는 건 아니라서 교재는 없어. 이론은 내 머릿속에만 있지. 그러니까 내가 하는 말을 잘 기억해야 해. 알겠지?"

"네, 알겠습니다!"

물론 호검은 요리와 관련된 기억력이 좋기 때문에 교재가 없어도 문제가 되지 않았다.

"여기 봐. 이게 다 중식 재료들이야. 본 적 있는 것도 있고, 처음 보는 것도 있지?"

학수의 개인 주방 조리대 위는 여러 가지 신기한 재료들로 빈틈없이 가득 차 있었다.

"와!"

"이건 기본적으로 우리도 많이 쓰는 재료들은 빼고 준비한 거야. 감자, 양파, 가지, 마늘, 생강, 오이, 당근 뭐 이런 어느 나라 요리에나 기본적으로 쓰는 그런 채소들 말이야. 그런 거 말고, 중국 요리에서 많이 쓰이고, 생소한 그런 것들. 근데 이것도 일부분이지. 알지? 중국에서는 책상다리 빼고 다 먹는다는 뭐 그런 말."

"네, 들어봤어요."

"그 정도로 다양한 재료를 사용해서 수많은 요리를 만든다는 말이야. 음, 이 중에 아는 거 뭐 있는지 하나씩 가리키면서 말해볼래?"

"음, 이건 죽순이고요, 이건 청경채. 말린 해삼, 굴소스, 팔각, 요건 자차이 말린 거죠?"

"맞았어. 그리고 이건 뭔지 알아?"

학수가 노른자는 검정색이고, 흰자 부분은 투명한 갈색인 이상한 알 같은 걸 가리키며 물었다.

"처음 보는 건데, 모르겠어요."

"이게 피단(皮蛋)이라는 거야. 오리 알이나 달걀을 흙과 재, 소금과 석회를 쌀겨와 함께 섞어서 두 달 넘게 삭혀서 만든 거지. 송화단(松花蛋)이라고 부르기도 하는데, 이건 흰자 부분이 마치 소나무 위에 눈꽃이 핀 것 같다고 해서 붙은 이름이지. 먹어볼래?"

"네!"

호검이 호기롭게 대답했다. 그러자 학수는 빙긋 웃으며 숟가락을 건넸다.

"조금만 맛보는 게 좋을 거야."

호검은 그래도 어느 정도 양은 되어야 맛이 날 것이라고 생각해서 숟가락에 반 정도 차게 피단을 떴다. 그리고 입안에 넣었는데, 즉시 표정이 일그러지기 시작했다.

호검은 피단을 다시 뱉지도 못하고 어찌할 바를 모르다가 얼른 꿀꺽 삼켰다.

"으억."

삼키자마자 호검은 외마디 탄성을 질렀고, 학수는 얼른 녹차를 가져다주었다.

"허허허. 맛이 어때? 비리지?"

호검은 얼른 녹차를 원샷하고는 대답했다.

"네. 엄청 비리네요."

"그거 생것이라서 그래. 그래서 내가 조금만 맛보랬잖아. 삶으면 거의 비린 맛이 사라지는데, 삶기 전에 맛도 봐야 하니까 먹어보라고 한 거야."

"아, 네. 피단 맛은 앞으로 못 잊을 것 같아요. 하하. 이건 뭐예요?"

호검이 앞에 놓인 도톰한 갈색 종잇장 같은 걸 가리키며 물었다.

"이건 포두부야. 건두부라고도 하지. 두부에서 물기를 빼서 얇게 만든 두부를 말하지. 잘라서 볶아 먹기도 하고… 중국 요리에 많이 들어가."

"아하. 이거 맛있을 거 같네요."

"생피단보다 훨씬 맛있지. 하하하. 지금은 생피단 먹은 직후라 뭐든 다 맛있을 거야."

학수는 샥스핀, 제비집, 물밤, 패주(조개기둥), 다양한 종류의 버섯, 농어와 병어 같은 생선도 보여주며 설명을 해주었고, 소스들도 맛보게 해주었다.

"이게 굴소스고, 이건 노두유라는 건데……."

중국 요리 재료는 정말 다양하고 많아서 설명도 듣고, 맛도 보고 하다 보니 그날 하루를 다 잡아 먹었다. 물론 중간에 점심도 해 먹고, 학수가 일 때문에 잠시 자리를 비우기도 했지만 말이다.

"벌써 9시네. 조리법은 내일 이어서 하기로 할게. 오늘 수고 많았어."

"네! 감사합니다."

호검이 인사를 마치고 사장실을 나간 후, 예슬이 슬슬 눈치를 보면서 사장실로 들어왔다.

"황 매니저, 왜 또?"

"헤헤. 사장니임. 저랑 잠깐 대화 좀 나눌 수 있을까요?"

예슬이 애교를 부리며 학수의 책상으로 다가왔다. 하지만 학수는 그녀의 애교에도 아랑곳하지 않고 딱딱하게 말했다.

"프로그램 얘기는 하지 마."

"아, 사장니임. 이게 다 사장님을 위해서 드리는 말씀인데……."

"됐어. 나 한 번 안 나간다고 하면 안 나가는 거 몰라?"

"후회 안 하실 거예요?"

"내 사전에 후회란 없어."

학수는 이렇게 말했지만 속으로 조금 찔렸다. 그가 후회를 잘 안 하고 살아온 것은 사실이었지만, 형일을 수제자로 들인 것에 대해서는 조금 후회를 하고 있었기 때문이다.

학수의 말에 더 이상 설득은 안 되겠다는 생각이 들었는지 예슬이 시무룩하게 대답했다.

"아이, 알겠어요. 그럼 안 나간다고 피디한테 바로 전화할게요."

"그래. 잘 생각했어."

예슬은 결국 툴툴대며 사장실을 나갔고, 피디에게 전화를 걸기 전에 먼저 형일에게로 가서 전했다.

"제가 다시 말씀드려 보려고 했는데, 말도 못 꺼내게 하세요. 아무래도 피디한테 전화해야겠어요. 안 한다고요."

"아, 정말!"

형일은 화가 난 듯 짜증스럽게 탄식하더니 몸을 홱 돌려 어디론가 성큼성큼 걸어가기 시작했다. 그러자 예슬이 깜짝 놀라 부주방장을 쫓아갔다.

"어어? 부주방장님! 어디 가세요?!"

형일이 향한 곳은 사장실이었다. 그는 사장실 문을 쿵쿵 하고 두 번 두드리더니 바로 말했다.

"사장님, 저 형일입니다. 들어가겠습니다."

어제는 수제자로서 방송에 함께 나갈까 싶어 학수를 스승님이라고 부르며 아부했지만, 오늘은 스승과 제자 사이를 생각하고 싶지 않다는 듯 학수를 사장님이라고 불렀다.

"그래, 들어와."

학수는 방금 예슬이 다녀갔으니 형일도 올 것이라 예상을 하고 있던 차였다.

형일은 학수의 대답과 동시에 문을 열고 사장실로 들어섰고, 뒤따라오던 예슬은 그 자리에 멈춰 섰다. 이미 자신은 학수와 얘기도 했고, 괜히 형일과 학수의 싸움에 끼어들고 싶지 않아서였다.

"사장님, 그 프로그램 안 나가시면, 전 그만두겠습니다."

"뭐?"

학수는 형일이 찾아올 것이란 것은 예상했지만, 이렇게 강하게 나올 것이란 생각은 못 했다. 학수는 놀람과 분노로 자리에서 벌떡 일어섰다.

사장실 문 밖에 서 있던 예슬도 부주방장의 갑작스러운 퇴사 선언에 깜짝 놀라 입을 쩍 벌렸다. 그런데 그때, 예슬의 어깨를 누가 톡톡 두드렸다.

"어, 호검 씨!"

"저기, 안에 누구……?"

"아, 이리 와요. 안에 부주방장님 계셔."

예슬은 얼른 호검을 데리고 홀로 향했다.

"무슨 일이에요? 부주방장님이 그만두신다고 하신 것 같은
데?"

"아무것도 아니에요. 아니시, 호검 씨도 이제 제잔데. 뭐… 이
건 말해도 되겠지. 실은……."

예슬은 호검에게 프로그램 섭외 전화가 왔었다는 이야기와
학수가 안 나가겠다고 한 것 등 자초지종을 설명했다.

"와, 근데 정말 왜 안 나가시려는 거죠? 좋은 기회인 것 같
은데."

"내 말이요. 그러니 부주가 저렇게 강하게 나오는 거죠."

"근데 아무리 그래도 스승님한테 제안 온 걸 부주가 이래라
저래라 할 건 아니잖아요."

"그건 그렇죠. 정말 부주가 무슨 생각으로 저러는지 모르겠
네. 요즘 사이가 안 좋아서 이번 기회에 나가시거나 아니면 확
실히 수제자로 인정해 달라고 저러시는 건가? 그래도 혼자만
수제자일 때는 괜찮았는데, 호검 씨가 두 번째 수제자가 되니
까 뭔가 불안하신가?"

"에이, 전 뭐 아직 완전 초짜인데요. 절 그렇게까지 경계하
진 않으실 거 같은데."

호검이 손사래를 치며 말했다.

"음, 아무튼, 앞으로 〈아린〉의 운명은 어떻게 되려는지……. 후우."

예슬이 머리가 아프다는 듯 손으로 이마를 짚었다.

"참, 근데 호검 씨는 왜 다시 왔어요?"

"아, 뭘 좀 두고 와서요."

호검은 학수가 따로 챙겨준 포두부를 깜빡 잊고 사장실에 두고 가서 그걸 찾으러 다시 왔던 것이다.

"아, 그럼 잠깐 여기서 기다리다가 부주방장님 나오시면 들어가 봐요."

"네, 그래야죠. 매니저님, 근데 정말 부주방장님이 나가시면 어떡해요?"

"하아. 모르죠. 사장님이 알아서 하시겠죠."

예슬은 한숨을 내쉬며 다른 직원들을 도와 홀 정리를 하러 갔고, 호검은 그 자리에 남아 오늘 보았던 중식 요리 재료들을 다시 속으로 되뇌었다.

한편, 사장실에서는 고성이 오가고 있었다.

"너, 지금 그게 말이 되는 소리냐? 프로그램은 내가 나가고 싶으면 나가고 안 나가고 싶으면 안 나가는 거지. 그리고 나한테 제안 온 거야, 그거. 네가 이래라저래라 할 게 아닌 거 몰라?"

"사장님, 지금까지 프로그램 안 나가셨었잖아요. 좀 나가서도 돼요. 그리고 이왕 나가시는 거 제자도 얼굴 좀 비추게 해 주시면 누이 좋고 매부 좋은 거 아니겠습니까?"

형일이 학수를 어르듯이 말했다. 하지만 학수는 더 화를 내며 목청을 높였다.

"그러니까 넌 네가 유명해지고 싶어서 나한테 자꾸 나가라고 하는 거잖아? 아니야?"

학수가 소리치자, 형일도 이젠 질 수 없다는 듯 소리를 높였다.

"아니, 저만 좋자고 이러는 거 아니지 않습니까? 제가 오죽 답답하면 이렇게까지 제 자리를 걸고 말씀드리겠어요?"

"답답? 그래, 답답한 사장 밑에서 고생이 많다, 네가!"

"후우. 아무튼, 제 생각은 말씀드렸으니 내일까지 생각해 보시고, 답해주세요. 전 이만 가보겠습니다."

형일은 꾸벅 인사를 하고 사장실을 나가 버렸고, 학수는 분노를 참느라 얼굴이 붉으락푸르락했다.

"저 자식이 보자 보자 하니까……."

사실 형일이 이렇게까지 강하게 나갈 수 있는 이유는 바로 어제 〈팔선정〉의 사장인 박선정을 다시 만났기 때문이었다. 형일이 〈팔선정〉으로 옮길 생각이 있는 걸 알아챈 박선정은 이 기회를 잡으려고 어젯밤에 급히 형일을 다시 〈팔선정〉으로 불렀다. 형일이 〈팔선정〉에 가보니 선정이 한 상 가득 음식을 차려놓고 그를 맞았다.

"제가 식사 대접을 너무 빨리 하나요? 호호호."

"상관없습니다. 성격이 급하신가 봐요."

"네, 전 뭐든 일사천리로 진행하는 걸 좋아하거든요. 쇠뿔도 단김에 빼랬다는 말을 실천하는 타입이죠."

"하하하. 시원시원해서 좋습니다."

"그럼 드시면서 말씀 나눌까요? 식기 전에 드세요. 제가 특별히 주방장님께 귀한 손님이 오신다고 부탁드려서 차린 거예요."

한 상 가득 차려진 음식들은 〈팔선정〉의 주방장이 만든 요리들이었다. 그중에는 홍소두부도 있었는데, 물론 형일이 유출한 그 조리법으로 만든 것이었다. 그런데 자신이 그 조리법을 유출한 사실을 모르는 형일은 홍소두부를 먹어보더니 깜짝 놀라 말했다.

"와, 이 홍소두부도 여기 주방장님이 만드신 거예요?"

"네, 그럼요."

"실력이 대단하시네요. 다른 것들도 맛있는데, 이건 음, 정말 맛있어요."

형일은 아무것도 모르고 속으로 팔선정의 주방장도 꽤 실력이 좋다고 생각했다.

'오, 소문대로 괜찮네. 이 정도면, 우리 천 사장님보다는 조금

못하지만, 아니지, 홍소두부는 천 사장님 것이랑 비견할 만해.'

선정은 이 틈을 타서 형일을 꾀기 시작했다.

"우리 주방장님도 실력이 좋으시다니까요. 배울 게 많을 거예요."

"주방장님 연세가?"

"올해 쉰다섯이세요."

"천 사장님보다 나이 많으시구나. 천 사장님은 마흔여덟인가 그러신데. 그럼 제자는 있으세요?"

"그건 잘 모르겠어요. 참, 미혼이세요. 아들이 있으면 자기 기술 가르쳐 줄 텐데 없어서 아쉬워하시는 거 같긴 하던데."

"가업으로 물려주고 싶어 하는 분들도 있죠."

천학수도 슬하에 아들 하나와 딸 하나가 있었는데, 그는 아들이 요리에 재능이 없다고 요리를 시키지 않았다. 그만큼 학수는 재능을 중요시했다.

형일은 〈팔선정〉의 주방장에 대해 이것저것 물어보며 식사를 했고, 식사가 끝나자, 선정은 차를 마시며 본론으로 들어갔다.

"형일 씨, 이제 우리가 만난 본론에 대해 이야기할까요?"

"네, 좋죠."

"형일 씨가 우리 〈팔선정〉으로 온다면 〈아린〉 월급의 50%를 더 드릴게요. 어떠세요, 이건?"

"음……."

형일은 이 정도면 매우 만족스러운 조건이었지만, 일단 선정이 자신을 이리 빨리 찾은 것은 그만큼 자신을 빨리 영입하고 싶다는 뜻이었으므로 느긋하게 생각해도 될 것 같아 대답에 뜸을 들였다.

하지만 박선정도 호락호락한 사람은 아니었다. 그녀는 곧바로 조건을 달았다.

"단, 일주일 내로 결정해 주셔야 합니다. 일주일 내로 아무 말씀이 없으시면 다른 사람을 뽑을 겁니다. 여기 들어오고 싶어 하는 요리사들 많거든요."

형일은 조금 당황해서 눈을 이리저리 굴리다가 드디어 입을 열었다.

"알겠어요. 곧 답을 드리죠. 근데 한 가지 여쭤볼 게 있습니다만……."

"네, 말씀하세요."

"혹시 여기 주방장님은 프로그램 섭외 안 받으셨답니까?"

"무슨 프로그램이요?"

"요리 대결…… 아, 아닙니다. 못 들은 걸로 해주세요."

형일은 곧 확답을 주겠다고 하고 〈팔선정〉을 나왔다. 그리고 〈팔선정〉을 나오면서 그는 이번에 학수가 프로그램에 안 나가는 게 확실하다면 〈팔선정〉으로 옮기는 쪽으로 마음을 굳혔던 것이었다.

형일은 어느 쪽이든 크게 상관은 없었다. 어차피 어느 쪽이든 그에게 이득이 될 테니까 말이다.

*   *   *

다음 날 아침.

"호검아, 이거 뭐야?"

정국은 아르바이트 나갈 준비를 하다가 호검이 어제 만들어 놓은 포두부를 페투치네 면처럼 잘라놓은 것을 보고 물었다.

"아, 그거 포두부라는 건데, 해줄까? 어제 나 그걸로 파스타처럼 해 먹었는데, 맛 괜찮더라고. 그리고 이거 두부라서 면 대신에 다이어트하는 사람들이 먹으면 좋을 것 같더라."

호검은 어제 형일이 나온 뒤 다시 사장실로 가서 포두부를 찾아갔고, 집에 도착하자마자 포두부를 면처럼 잘라서 파스타처럼 만들어 먹어보았다. 그때 정국은 일찍 잠자리에 들어서 맛을 보지 못했었다.

"포두부? 그게 뭔데? 두부야?"

"응, 두부를 말려서 얇게 자른 거? 그런 거지. 후딱 한 그릇 만들어 줘? 이거 삶을 필요 없어서 5분이면 되는데."

"그래? 그럼 조금만 만들어 줘. 한번 먹어나 보자."

호검은 팬에 올리브 오일을 두르고 마늘을 넣은 다음 냉장고에 있는 재료들 몇 가지를 넣고 생크림을 부어 포두부 크림 파스타를 만들어 주었다. 정국은 썻고 나와서 포두부 파스타를 맛보더니 씽긋 웃으며 말했다.

"오호, 이거 맛있는데? 네가 신의 손이라서 그런 거냐, 아님 포두부가 맛있는 거냐?"

"하하. 둘 다? 맛있으면 됐어. 나 먼저 간다!"

"아, 너 어제부터 수제자 수업 시작한 거야?"

"응. 이 포두부도 어제 스승님이 알려주신 재료야."

"파스타로 만드는 것도?"

"아니. 그건 내가 그냥 응용해 본 거지. 아무튼 이따 밤에 보자."

호검은 후다닥 집을 나섰고, 30분쯤 걸려 〈아린〉에 도착했다. 호검은 이제 주방 일을 하지 않아도 되기에 9시쯤 학수의 사장실로 곧장 가면 되었는데, 9시쯤 도착해서 홀에 들어서니 매니저인 예슬이 누군가와 통화를 하고 있었다.

"안녕하……."

호검은 예슬에게 인사를 하다가 그녀가 통화 중이자 멈칫했다.

"…네, 그래서 그 프로그램 출연은 어려울 것 같습니다. 네? …음, 아마도 마음이 변하진 않으실 것 같은데요. …알겠습니다. 그렇게 전할게요. …네, 감사합니다."

"안녕하세요."

예슬이 전화를 끊자, 호검이 다시 인사를 건넸다.

"아, 호검 씨. 좋은 아침이에요."

"네, 근데, 피디한테 못 나간다고 연락하신 거예요?"

"네, 사장님이 연락하라고 하셨거든요. 방금요. 근데 피디님
이 언제라도 마음 바뀌면 말하라네요. 그럴 일은 없을 것 같
은데 말이에요."

"아……. 근데 그럼 부주방장님은 어떻게 되는 거예요?"

"에휴. 몰라요. 전 그냥 모른 척하고 있으려고요. 두 분 일
이니까, 뭐. 근데 설마 진짜 그만두실라고요."

예슬은 머리가 아픈지 미간을 찌푸리며 말했다.

"아, 그렇죠. 전 그럼 이만……."

호검은 예슬에게 가볍게 묵례를 하고는 사장실로 향했다.
그런데 호검이 사장실로 가는 복도를 걸어가다가 보니 재석이
사장실에서 나오고 있었다. 그는 의아한 표정으로 고개를 갸
웃거리며 생각에 잠겨 멍하니 호검 쪽으로 걸어왔다.

"어? 형!"

"어어. 좋은 아침."

재석은 호검에게 대충 인사를 하더니 주방으로 재빨리 들
어가서 부주방장에게 조용히 물었다.

"부주, 혹시 그만둬요?"

"뭐? 그게 무슨 소리야?"

"아니, 그게……. 사장님이 부주방장 모집 공고를 하라고 하시는데……."

"뭐라고?"

형일은 학수가 이렇게 빨리 결정을 할 거라고는 예상하지 못했기에 놀라서 외쳤다. 형일은 아무래도 상관없다고 생각하고는 있었지만, 막상 이렇게 금방 학수가 형일을 포기하자 기분이 나빴다.

'내가 얼마나 자기한테 잘했는데. 어떻게 이렇게 단박에 나를! 흥. 그럼 나도 미련 없다고!'

형일은 곧바로 학수에게 가서 1달 내로 다른 부주 구해지면 나가겠다는 말만 하고 사장실에서 나왔다. 학수도 그러라는 말만 할 뿐 다른 말은 하지 않았다.

형일이 사장실에서 나가고 나자 학수는 호검이 대기 중인 자신의 개인 주방으로 들어와서 호검에게 말했다.

"다 들었지?"

학수는 자신과 형일의 대화를 들었는지 호검에게 물었다. 학수의 개인 주방은 사장실에 바로 딸려 있는 곳이라 귀를 기울이지 않아도 사장실에서의 대화가 다 들렸다.

"네……."

호검이 멋쩍게 대답하자, 학수가 호검의 어깨에 두 손을 척

올리고 그와 눈을 맞추고 말했다.

"강호검, 이제 내 수제자는 너 하나다. 잘할 수 있지?"

"네? 네! 열심히 하겠습니다!"

호검은 학수의 말에 조금 당황했지만, 이내 우렁찬 목소리로 내답했다.

"그래, 좋아. 오늘은 조리법에 대한 수업을 하지. 조리법은 워낙 다양해서 내가 일부러 여기 적어 왔어."

학수는 호검에게 조리법 이름과 설명이 적힌 종이를 내밀었다.

"감사합니다."

호검이 꾸벅 인사를 하며 종이를 받아 들었다. 종이에는 글자들이 빼곡하게 적혀 있었다. 호검은 먼저 눈으로 대강 종이를 훑어보았다.

'빠오[爆], 높은 온도의 기름으로 센 불에 재빨리 볶아내는 조리법 …챠오[炒]는 센 불에 볶는 걸 말하고…….'

학수는 호검이 내용을 한 번 훑어볼 시간을 주고 나서 곧 호검에게 채소 몇 개와 닭고기 등을 썰게 시켰다. 그리고 몇 가지 조리법은 직접 자신이 보여주면서 조리법 이름을 알려주었다.

"자, 이렇게 물을 붓고 데치는 걸 쥬어[灼]라고 해."

학수는 청경채를 물에 데치면서 호검에게 말했다.

"아, 쥬어, 쥬어……."

"네가 만들었던 구삼사 요리 말이야, 거기에 구(扣)가 뚝배기에 넣고 오랫동안 서서히 조리는 걸 말하는데, 중국말로는 커우라고 해."

"아하."

호검은 학수가 조리하는 모습과 조리법이 적힌 종이를 번갈아 보면서 조리법에 대한 것들을 익혀 나갔다.

"중국 요리 이름은 보통 재료와 조리법으로 이루어져 있어. 가장 많이 나오는 말은 육(肉)이랑 기(鷄 : 지)인데, 육은 알다시피 고기를 말하지. 근데 중국에서 육이라고 하면 주로 돼지고기를 말해. 쇠고기는 우육(牛肉)이라고 소 우 자를 붙여서 말하지. 그리고 기(鷄 : 지)는 닭을 의미해. 그러니까 탕수육(糖醋肉)이라고 하면… 아, 이리와 봐."

학수는 호검에게 사장실로 가자고 손짓을 했다. 호검이 그를 따라 가자, 학수는 자신의 책상에서 빈 종이 몇 장과 펜을 가져와 소파에 앉았다.

"여기 내 옆으로 앉아. 내가 한자를 쓰면서 설명해 줄게."

"네."

호검은 얼른 학수의 왼편에 자리를 잡고 앉았다. 그러자 학수는 종이에 탕수육을 한자로 쓰면서 설명을 이어갔다.

"자, 봐. 탕(糖)은 '엿', 수(醋 :추)는 '식초'라는 말인데, 이 두

단어가 합쳐지면 '튀긴 생선이나 고기에다가 양념해서 끓인 녹말물을 붓다'라는 말이 되거든?"

"아, 네. 그리고 육(肉)은 돼지고기라는 말이니까, 튀긴 돼지고기에 양념해서 끓인 녹말 물을 부어서 만든 요리라는 뜻이군요!"

"그렇지! 그럼 기스면[鷄絲麵]은 어떤 요리일까?"

"음, 기는 닭고기를 말하는 것이고, 스는……."

"여기서 스는 쓰야."

"아! 그럼 그 '가늘게 채 썰다'는 뜻의 그 '쓰'인 거죠?"

호검은 칼판장에게서 한번 들었던 중국 칼질 용어를 떠올리고는 물었다. 학수는 맞는다는 듯 웃으며 고개를 끄덕였다.

"그럼, 닭고기를 가늘게 채 썰어 넣어 만든 국수라는 뜻이군요!"

"맞았어."

학수는 이후로도 조리법과 재료로 조합되어 나온 여러 가지 중국 요리들에 대해 설명했다. 류산슬[溜三絲]은 '가늘게 썬 세 가지 재료 전분물을 끼얹어 걸쭉하게 만든 요리'라는 뜻이었고, 라조기[辣椒鷄]에서 라조[辣椒 : 라쟈오]는 '고추', 기[鷄 : 지]는 '닭'으로, 튀긴 닭고기에 죽순, 표고버섯, 고추 등을 함께 넣고 맵게 볶은 요리를 말했다.

호검은 중국 요리 이름은 들어보긴 했지만, 어떤 요리인지

감이 안 잡혔었는데, 이런 뜻을 알고 보니 이름만 들어도 대충 어떤 요리인지 알 수 있게 되었다.

"와, 재밌어요."

"그래? 음, 또 뭐가 있을까, 아, 회과육(回鍋肉 : 호이꿔로우)이라고 들어봤어?"

"음, 이름만 들어본 것 같아요."

"회과(回鍋)는 과(鍋)가 '냄비'라는 말이고, 회(回)는 '돌아오다' 뭐 그런 뜻인데, 회과라고 하면 다시 데우다 그 정도 뜻이돼. 육은 알지? 돼지고기. 그러니까 삼겹살을 덩어리째로 한번 삶고 난 다음에 잘게 썰어서 각종 채소 등과 함께 기름에 다시 볶은 요리를 말해. 돼지고기를 두 번 익힌 거라서 굉장히 부드럽지. 이건 나중에 만들어서 같이 먹어보면 알 거야."

"아하. 네. 음… 스승님, 그럼 마파두부는요?"

"아, 그건 요리법이 들어간 이름이 아니야. 중국 요리에는 만든 사람의 이름을 따서 만든 요리도 있는데, 대표적인 게 마파두부와 문사두부탕이지. 마파두부(麻婆豆腐)는 중국의 마(麻)씨 성을 가진 노파[婆]가 처음 만든 두부 요리여서 그렇게 이름이 붙여졌고, 문사두부탕도 문사라는 스님이 처음 만든 요리라서 그런 이름이 붙여진 거지."

"아, 그렇군요. 어, 그럼 스승님의 특제 춘장 소스로 만든 춘빙은 학수춘빙이라고 이름을 붙이면 되겠네요!"

"하하하. 그렇지. 너도 나중에 너만의 요리법으로 요리를 개발하면 앞에 네 이름을 붙일 수 있을 거야. 호검육이라든지, 호검기라든지……. 근데 네 이름을 붙이니까 무슨 무술 용어 같은데? 하하하."

"그러게요. 하하하."

호검와 학수는 즐겁게 수업을 진행했다. 처음에 호검이 학수에게서 느꼈던 무뚝뚝함과 차가움은 사라지고, 이제 호검은 학수에게서 따뜻함을 느껴가고 있었다.

'민석 아저씨도 그렇고, 천 셰프님도 너무 좋은 분들이야. 나 그냥 천 셰프님 수제자로 여기 눌러앉을까?'

호검은 사실 일단 수제자가 되어야 학수의 비밀 레시피를 알 수 있으니 수제자가 되길 바랐는데, 자신이 막상 수제자로서 모든 걸 배우고 나면 다른 요리를 배우러 가야 하니 괜히 학수를 속이는 것 같기도 하고, 양심의 가책이 느껴졌다.

'천 사장님께 솔직히 말하고 미리 양해를 구해야 할까? 그렇다고 아버지 일을 다 말할 수도 없고……. 아, 수제자가 됐는데도 고민이 많네……. 모르겠다, 정말.'

집에 와서 잠자리에 든 호검은 이런저런 고민을 하다가 결론을 내지 못하고 잠이 들었다.

*　　　　*　　　　*

며칠 후, 형일은 〈팔선정〉 사장인 박선정을 만나 그녀의 제안을 수락하겠다고 말했다. 사실 학수가 부주방장 공고를 내라고 한 날 곧바로 찾아가 말할까 했었지만, 그래도 급한 모양새를 보이는 것은 좋지 않을 것 같아 며칠 후에 찾아간 것이었다.

"정말 생각 잘하셨어요! 우리 〈팔선정〉이 천군만마를 얻은 것 같은 기분이네요. 호호호."

"감사합니다. 앞으로 잘 부탁드립니다."

형일이 자리에서 반쯤 일어서서 공손히 고개 숙여 인사했다. 박선정은 형일에게 잘해보자는 뜻으로 손을 내밀었고, 둘은 악수를 나누고 다시 자리에 앉았다.

"그럼, 〈아린〉 일은 언제까지 마무리가 되나요?"

"음, 다른 부주방장이 구해지면 곧바로 그만두기로 했어요. 늦어도 한 달 내로요. 근데 지금 여기 〈팔선정〉에 있는 부주방장은 그럼 어떻게 되는 건가요?"

"아, 그건 제가 알아서 처리할 테니까 형일 씨는 걱정 안 하셔도 돼요."

박선정은 현재 부주방장이 영 고지식하고 깐깐해서 마음에 안 들던 차였기에, 자를 생각을 하고 있었다. 애초에 그럴 생각으로 형일에게 부주방장 제의를 한 것이기도 했고.

"네. 음……."

형일은 선정이 알아서 한다니 알겠다고 고개를 끄덕였다.

"무슨 할 말 있으세요?"

선정이 형일의 눈치를 읽은 듯 물었다.

"제가 곧 여기로 이직을 한 거니까 내 식당이다 생각하고 말씀드리고자 하는데요."

"네네, 뭐든지 말씀하세요."

"제가 저번에 잠깐 말씀드렸었는데, 아, 이것부터 여쭤보죠. 혹시 텔레비전 프로그램에서 촬영 오는 것을 싫어하십니까?"

"촬영이요? 그걸 싫어하는 사람이 어디 있나요? 유명해지고 얼마나 좋은 기횐데요."

선정은 물어볼 필요도 없다는 듯 대꾸했다. 형일은 그녀의 대답에 반색하며 좋아했다.

"그렇죠? 아, 역시 사장님과는 말이 통할 것 같았다니까요. 그럼 단도직입적으로 여쭤볼게요. 혹시 여기 주방장님은 프로그램 제안 같은 거 받으시지 않았나요?"

"음, 제가 알기론 없는데……. 근데 무슨 프로그램이요?"

선정은 안 그래도 저번에 형일이 슬쩍 언급했던 프로그램에 대해 궁금하던 참이어서 얼른 되물었다.

"중화요리 대결 프로그램인데, 새로 만들려나 봐요. 음, 실은 천 사장님한테 제안이 왔었는데, 천 사장님은 원래 프로그램에 나가는 걸 좋아하지 않으셔서 거절하셨거든요. 참, 특이

하신 분이죠. 아무튼, 천 사장님이 안 나간다고 하시면 다른 사람을 구할 텐데…… 여기 주방장님도 나갈 수 있는 실력이 되시지 않을까요?"

"아, 요리 대결! 식당 홍보도 되고 좋은데 왜 그런 걸 거절하시는지 저로서는 이해가 잘 안 되네요. 근데, 여기 주방장님이 나가시면 형일 씨한테는 직접적으로 좋은 게 있나요? 형일 씨가 나가는 것도 아니고……"

선정이 의아한 듯 묻자, 형일이 선정에게로 몸을 조금 가까이 해서 낮은 목소리로 말했다.

"이게 2인 1조거든요. 스승과 제자가 함께 나가는 거예요. 근데 주방장님이 제자가 없으시다면서요. 제가 제자로 해서 나가면 되지 않나……"

"와, 그렇군요! 좋은 생각이에요! 이거 우리 주방장과 부주방장이 프로그램에 나가서 1등 하면…… 생각만 해도 멋진데요!"

박선정은 이 프로그램에서 잘만 하면 〈팔선정〉이 〈아린〉을 누르고 최고의 중식당으로 올라설 기회가 될지도 모른다고 생각하니 기분이 들떴다. 천학수가 나오지 않고, 자기네 주방장이 그 프로그램에 나가게 되면 이건 가능한 일이었다.

"그렇죠? 근데, 제안이 와야……"

형일이 씁쓸하게 말하며 말끝을 흐렸다. 하지만 선정은 밝은 목소리로 경쾌하게 말했다.

"제안이 안 오면 제안을 먼저 하면 되죠!"

"네? 정말, 그게 가능할까요?"

형일의 표정이 한껏 밝아졌다.

"제가 좀 알아보죠. 아버지께 슬쩍 부탁해 봐야겠어요."

"역시 능력이 좋으시네요! 이렇게 능력 좋은 사장님을 만나게 되어 정말 영광입니다!"

형일은 아직 프로그램에 나가게 된 것도 아닌데 미리 아부를 하기 시작했다. 하지만 박선정도 기분이 나쁘지 않은지 웃으며 말했다.

"에이, 프로그램에 나가게 되면 능력이 좋은 거죠. 아직은 몰라요. 호호호."

"잘되겠죠! 모든 일에는 다 이유가 있지 않겠습니까? 제가 〈팔선정〉으로 오는 이유도 뭔가 있을 테니, 잘될 겁니다. 하하하."

둘의 대화는 시종일관 물 흐르듯 이어졌고, 형일은 그녀와 헤어지고 나오면서 이직을 결심하길 잘했다는 생각이 들었다.

'그래, 이게 나한테 기회일 수 있어! 그 프로그램에 꼭 나가게 되면 좋겠는데! 어디 두고 봅시다, 천학수 사장!'

*　　　*　　　*

한편, 천학수는 호검을 가르치면서 그의 습득력에 놀라워

하고 있었다. 호검은 암기면 암기, 실습이면 실습, 뭐든 학수가
한 번만 알려주면 그대로 해냈기 때문이다. 학수에게 수제자
수업을 받은 지 일주일도 채 되지 않았는데 호검은 기본적인
조리법과 명칭을 모두 습득한 상태였다.

"이 돼지고기를 루[鹵] 조리법으로 조리해 봐. 간은 간장으
로 하고."

"네!"

학수의 지시에 호검은 웍에 돼지고기를 넣고 물을 부은 다
음 간장과 오향, 즉 회향, 팔각, 계피, 정향, 산초를 넣고 삶기
시작했다.

"좋아! 고기가 삶아지는 동안 또 질문! 젠[煎]은 어떤 조리법
이지?"

"젠[煎]은 뜨겁게 달군 팬에 소량의 기름을 발라서 납작한
재료를 서서히 굽는 조리법입니다."

"그럼 젠자오[煎餃]는 뭐지?"

"군만두를 말하는데, 군만두를 구울 때 젠[煎] 조리법을 사
용하기 때문에 중국에서는 군만두를 그렇게 부릅니다."

호검의 대답에 학수가 갑자기 심각한 표정을 하더니 진지하
게 물었다.

"호검이 넌 어떻게 이렇게 기억력이 좋지? 호검기억법이라도
있는 거야? 이 조리법 이름들처럼 말이야."

"아… 음……."

호검은 학수의 질문에 대답을 못 하고 멋쩍은 웃음만 웃었다. 학수도 이내 심각한 표정을 풀고 활짝 웃으며 말했다.

"하도 잘하니까 그래봤어. 하하하."

학수는 실습을 한 번 보고 따라 하는 것은 눈썰미도 좋고, 요리에 대한 감각이 있어서라고 생각했지만, 가르쳐 준 단어나 명칭을 잘 외우는 것은 그만큼 노력하기 때문이라고 생각했다.

'재능에, 성실하고, 노력까지 겸비했어. 이러다 금방 부주만큼 실력이 되겠는데? 음, 그럼…….'

학수는 요리에 있어서만큼은 정말 천재적이라 할 수 있는 호검을 물끄러미 쳐다보다가 문득 예슬의 말이 떠올랐다.

『탑 레시피가 보여』 5권에 계속…

초대형 24시 만화방

신간 100%, 샤워실, 흡연실, 수면실(침대석), 커플석, 세탁기 완비

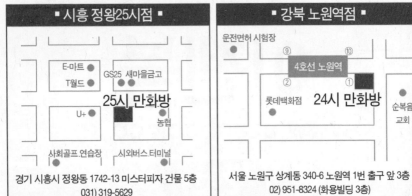

■ 시흥 정왕25시점 ■

E-마트
GS25 새마을금고
T월드
25시 만화방
U+
농협
사회골프 연습장   시외버스 터미널

경기 시흥시 정왕동 1742-13 미스터피자 건물 5층
031) 319-5629

■ 강북 노원역점 ■

운전면허 시험장
⑨   ⑩
4호선 노원역
②   ①
롯데백화점   24시 만화방   순복음
교회

서울 노원구 상계동 340-6 노원역 1번 출구 앞 3층
02) 951-8324 (화용빌딩 3층)

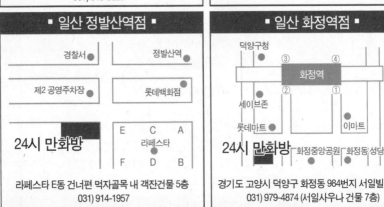

■ 일산 정발산역점 ■

경찰서   정발산역
제2 공영주차장   롯데백화점
24시 만화방
E   C   A
라페스타
F   D   B

라페스타 T동 건너편 먹자골목 내 객잔건물 5층
031) 914-1957

■ 일산 화정역점 ■

덕양구청
③   ④
화정역
②   ①
세이브존
롯데마트   이마트
24시 만화방   화정중앙공원   화정동 성당

경기도 고양시 덕양구 화정동 984번지 서일빌딩 7층
031) 979-4874 (서일사우나 건물 7층)

■ 부천 역곡역점 ■

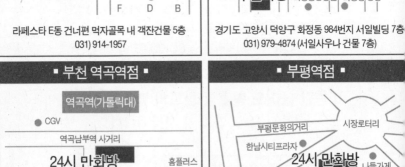

역곡역(가톨릭대)
● CGV
역곡남부역 사거리
24시 만화방   홈플러스

역곡남부역 기업은행 건물 3층
032) 665-5525

■ 부평역점 ■

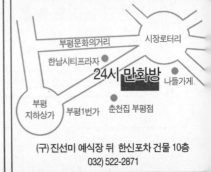

부평문화의거리   시장로터리
한남시티프라자
24시 만화방   나들가게
부평
지하상가   부평1번가   춘천집 부평점

(구)진선미 예식장 뒤 한신포차 건물 10층
032) 522-2871

이계진입
리로디드

임경배 퓨전 판타지 소설

FUSION FANTASTIC STORY

『권왕전생』 임경배의 2015년 신작!

『이계진입 리로디드』

왕의 심장이 불타 사라질 때,
현세의 운명을 초월한 존재가 이 땅에 강림하리라!

폭군으로부터 이세계를 구원한 지구인 소년 성시한.
부와 명예, 아름다운 연인…
해피엔딩으로 이야기는 끝인 줄 알았건만
그 대가는 지구로의 무참한 추방이었다.
그리고 10년 후……

"내가 돌아왔다! 이 개자식들아!"

한 번 세상을 구한 영웅의 이계 '재'진입 이야기!

Book Publishing CHUNGEORAM

유행이 아닌 자유추구
WWW. chungeoram.com

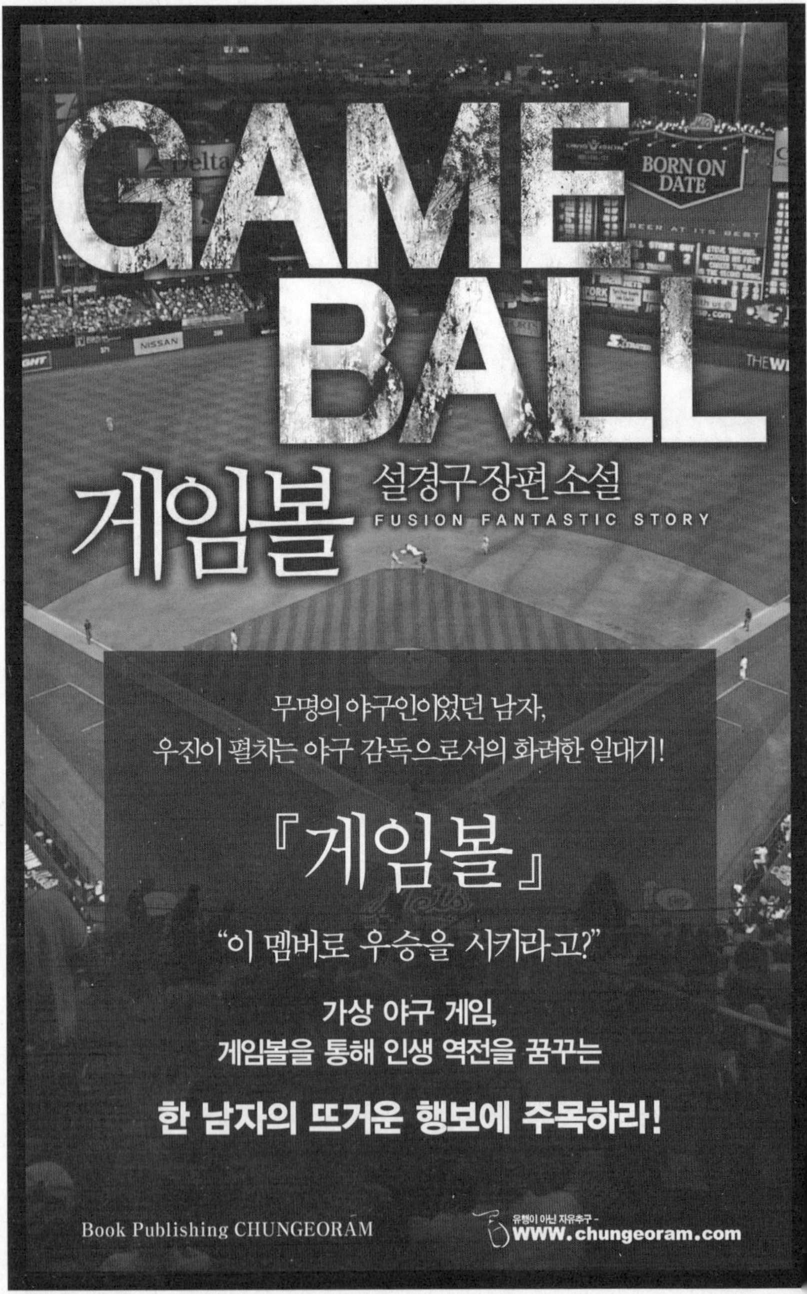
GAME
BALL
게임볼
설경구 장편 소설
FUSION FANTASTIC STORY
무명의 야구인이었던 남자,
우진이 펼치는 야구 감독으로서의 화려한 일대기!
『게임볼』
"이 멤버로 우승을 시키라고?"
가상 야구 게임,
게임볼을 통해 인생 역전을 꿈꾸는
한 남자의 뜨거운 행보에 주목하라!
Book Publishing CHUNGEORAM
유행이 아닌 자유추구 -
WWW.chungeoram.com

FUSION FANTASTIC STORY

자미소 장편소설

GRAND SLAM
그랜드슬램

2016년의 대미를 장식할 최고의 스포츠 소설!!

Career record : 984W 26L
Career titles : 95
Highest ranking : No.1(387weeks)
Grand Slam Singles results : 23W
Paralympic medal record : Singles Gold(2012, 2016)

약 십 년여를 세계 최고로 군림한 천재 테니스 선수.
경기 내내 그의 몸을 지탱하고 있는 것은…… 휠체어였다.

『그랜드슬램』

휠체어 테니스계의 신, 이영석(32).
그는 정상의 자리에서도 끝없는 갈망에 사로잡혀 있었다.

"걷고 싶다, 뛰고 싶다. …날고 싶다!!"

뛸 수 없던 천재 테니스 선수
그에게, 날개가 달렸다!!!

Book Publishing CHUNGEORAM

유행이 아닌 자유추구 -
WWW.chungeoram.com

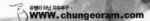